얼굴 없는 나체들

KAO NO NAI RATAI TACHI
by HIRANO Keiichiro

이 도서의 국립중앙도서관 출판시도서목록(CIP)은
e-CIP 홈페이지(http://www.nl.go.kr/ecip)와
국가자료공동목록시스템(http://www.nl.go.kr/kolisnet)에서 이용하실 수 있습니다.
(CIP제어번호: CIP2012002772)

얼굴

히라노 게이치로 장편소설

없는

이영미 옮김

나체들

마음속에 아름다운 비밀만 가득하고 암울한 비밀이 없는 인간에 대해 나는 어떤 말도 할 수 없다. 내면에 암울한 비밀을 지니지 않은 인간은 이야기할 만한 것이 아무것도 없기 때문이다.

—모리아크

0
'오사카 성에서'

모某 씨가 제공해준 여러 자료 중「미키&미치」: 9월 모일 : 오
사카 성에서」라는 라벨이 붙은 DVD 한 장이 있다. 그 밖에도 이
와 같은 제목에 촬영 날짜와 장소가 다른 당시의 DVD 두 편이 인
터넷에서 통신판매되고 있다. 그에 관해서 필자는 정지화면을 보
고 단편적으로만 아는 정도지만, 내용에 큰 차이는 없다.

입수한 DVD의 주요 내용을 대략적으로 소개하자면 이렇다.

촬영 장소는 라벨에 적혀 있는 대로 오사카 성이다.

첫머리에 띄엄띄엄 주변 풍경이 찍혀 있는 것을 보건대 장소
는 아마도 혼마루* 덴슈가쿠 바로 뒤편, 야마자토마루를 내려다

---

* 本丸, 성의 중심 건물.

보는 철포방예로 터에서 장방예로 터에 이르는 일대다.

촬영한 사람은 남성이며, 몸의 일부만 화면에 비칠 뿐 얼굴은 분명하게 나오지 않는다. 피사체는 여성인데 얼굴을 모자이크 처리로 가렸다. 목소리는 변조하지 않았지만 두 번쯤 서로의 이름을 부르는 부분이 '삑' 하는 신호음으로 덮어씌워졌다.

전반적으로 손 떨림이 심한데다 편집이 거의 안 되어 있어 이따금 노이즈 같은 화면도 보인다.

날짜는 '9월 모일'로 적혀 있지만 주위 상황으로 짐작건대 월말이리라. 시각은 저녁 여섯시 전후. 사람이 적은 것으로 보아 평일일 가능성도 있다.

하늘은 맑게 개어 있고, 어렴풋이 주황빛이 감돌지만 해가 지려면 아직 시간이 남은 듯하다. 시야를 가로막는 장해물이 없어서 한눈에 내려다보이는 주오 구의 고층 빌딩들이 배경의 파란빛 덕분에 한층 아름답게 비친다. 이타미 공항에 착륙하는 제트기 소리가 구름 한 점 없는 공간에 깊이를 더해준다. 머리 위에서는 까마귀가, 발치에서는 참새가 울고 있다. 그리고 히메몬 터언저리로 추정되는 곳에서, 음정이 심하게 어긋난 거리 공연자의 백파이프 연주 소리가 들려온다. 그 밖에 멀리서 들려오는 건물 공사 소리, 오사카 성 공원의 안내방송 소리 등이 함께 담겨 있다.

돌담을 따라 나무 난간이 설치되어 있고, 그와 나란히 빛바랜 파란색 벤치가 바깥쪽을 보고 늘어서 있다. 그쪽은 한 단 높은 둑이다.

카메라는 그 둑을 왼쪽에 두고, 오른쪽으로 짙은 밤색 울타리가 이어진 오솔길을 걸어가는 여자의 모습을 좇고 있다. 여자는 베이비블루색 카디건에 연회색 튜브톱, 물이 빠진 데님 미니스커트에 검은색 샌들을 신었다. 손에는 흰색 토트백을 들고 있다.

여자가 이따금 뒤를 돌아보며 걸어간다. 그리고 "더 가?" "사람이 없네" 하며 카메라를 든 남자에게 말을 건넨다. 표정은 알 수 없다. 남자는 그 말에 단지 "어" 하는 비모음으로 대답할 뿐이다. 주위에 인기척은 전혀 없다.

왼쪽에 야마자토마루로 내려가는 계단이 보이자, 남자가 "어, 거기 괜찮겠는데?"라고 말을 건넨다.

다섯 계단 정도 똑바로 내려가서 더 아래로 내려가는 왼쪽 계단으로 카메라를 돌리자, 돌담을 깔끔히 파내 만들어놓은 길이 고가도로 아래처럼 어스름하다. 계단은 기껏해야 서른 단 정도. 출구의 층계참에서 희미한 빛이 비쳐들고, 난간 너머로 푸르른 나무들이 보인다.

"근데…… 밑에서 갑자기 사람이 오면 어떡해."

여자가 뒤를 돌아보며 불안한 듯이 말했다.

"괜찮아. 발소리로 알 수 있어. 거기 잠깐 서봐."

재촉받은 여자가 몇 계단 내려간다.

"어, 거기, 거기. 좀 어둡군. ……뭐, 괜찮겠지. 거기서 가슴을 내봐."

여자가 카디건을 입은 채 두 손으로 튜브톱을 끌어내렸다. 살집이 좋은 풍만한 유방이 갑작스러운 상황에 놀란 양 얼굴을 쑥 내민다.

그리고 두 사람은 계단 출입구의 벽 바깥쪽에서 후미진 곳을 찾아내 카메라를 켜놓고 성행위를 시작한다.

이들 두 사람이 바로 '미키&미치'다.

1
'요시다 기미코'와 '미키'

'미키'는 '요시다 기미코'가 웹상에서 쓰던 애칭이다. 이른바 닉네임이다. 다만 '요시다 기미코'라는 이름은 필자가 임의로 붙인 가명이고 실제 본명은 따로 있으며 그와 그다지 차이 없는 별도의 HN이 있다.

'요시다 기미코'가 '미키'라는 것은 반년 전쯤 매우 센세이셔널한―그리고 또 이렇게 덧붙여야 마땅할 텐데, 상당히 우스꽝스러운―사건이 보도될 때까지 한 사람 말고는 아무도 몰랐다. 그 사람은 그녀와 일종의 관계를 맺은 상대이며 또한 사건의 범인이기도 한 '가타하라 미쓰루'라는 남자다. 그에게도 닉네임이 있었다. '미치'가 그것이다. 이 역시 필자가 편의적으로 붙인 가명이다.

첫 장에서 이미 그 사건을 떠올린 사람도 있을 테고, 읽어가는 중에 아하, 그 일 말이구나, 하고 알아차릴 사람도 있겠지만, 엇비슷한 사건이 많으므로 대부분은 다른 어떤 것과 혼동하거나 어쩌면 이미 까맣게 잊었을지도 모른다.

'미키'를 아는 사람은 '요시다 기미코'를 몰랐고, '요시다 기미코'를 아는 사람은 '미키'를 몰랐다. 어쩌면 개중에 양쪽 다 아는 사람이 있었을지 모르지만 그런 경우에도 양자가 동일인물이라고는 생각하지 못했다.

'미키'를 아는 사람과 '요시다 기미코'를 아는 사람 중 과연 어느 쪽이 더 많았을까? 이것은 적어도 사건 전까지는 명백했다. 딱히 눈에 띄는 구석이 없는, 지방도시 중학교의 일개 사회 교사가 삼십 년 남짓한 인생을 살아오며 관계를 맺은 사람의 수가 얼마나 되겠는가? 반면 '미키'는 파트너 '미치'와 함께 최근 반년간 몇몇 사이트의 가장 큰 '단골'로 알려져 있었는데, 그들의 게시물 중에는 무려 2만 명 안팎의 사람이 조회한 것도 있었다. '미키&미치'의 게시물 수를 다 합하면 족히 50건에 이른다. 물론 2만이라는 수치는 해당 사이트의 카운터로 총 조회 수를 헤아린 것에 불과하므로, 예를 들어 2만 명×50건이라는 식으로 계산하는 것에 어느 정도 의미가 있을지는 의문이다. 그러나 어쨌든 월등한 숫자다.

다들 눈치챘겠지만, 실제 사회에서의 존재와 사이버 스페이스에서의 존재에 이 정도 괴리가 있을 때, 특히 당사자가 여성이라면, 거기에 성적인 요인이 얽혀 있으리란 것은 충분히 짐작할 만한 일이다.

실제로 '미키&미치'가 '단골'로 드나들었던 사이트는 모두 미성년자의 접근이 금지되어 있었다. 그 사이트들은 개개의 애호가들이 자기와 성적 파트너의 나체 및 성행위를 촬영해서 '게시판'에 올리는 구조로 운영되었는데, 물론 이름이나 주소, 직장 등 그들의 실제 사회에서의 존재를 특정하는 정보는 완전하게 은닉되고 누락되었다. 같은 이유로 얼굴도 당연히 감춰진다. 따라서 '미키'를 아는 사람들은 모두 그녀의 나체만 알고 얼굴은 몰랐다. 얼굴은 항상 모자이크 너머에 있고, 그곳은 즉 실제 사회였다.

현실 사회와 접촉하는 것이 겉이며 외측이라면, 모자이크에 가려진 쪽은 안이며 내측이다. 이런 발상 때문에 인터넷 세계는 늘 간단히 내면화된다.

한편 '요시다 기미코'를 아는 사람들은 당연히 그녀의 얼굴만 알고 나체는 알지 못했다. 옷으로 가려져 있기 때문이다. 이때 육체란 어느새 일종의 내면적인 것이 되어버린다.

양자가 동일인물임이 폭로되었을 때 인터넷 게시판에서는 어떤 유형의 장난질이 보였다. '미키'의 사진은 물론이고 '요시다 기미코'의 사진까지, 아마도 그녀 학생들의 소행으로 인터넷상에 공개되었는데, 양자를 나란히 비교해보면 한쪽 여자는 목 아래만 훤히 드러나고 목 위는 감춰져 있다. 다른 쪽 여자는 반대로 목 위가 드러나고 아래가 감춰졌다. 따라서 그 둘의 목 언저리를 잘라내 맞바꾸면 훨씬 단순한 몽타주 두 개가—인터넷 용어로는 '합성'이라고 해야겠지만—생겨나는 셈이다. 한쪽은 머리 꼭대기부터 발끝까지 완전히 노출된 여자다. 그리고 다른 한쪽은 얼굴과 몸이 모조리 가려져 정체를 알 수 없는 여자다. 전자는 둘째 치고 후자는 어쩐지 괴이한 인상을 풍겼다. 조금 전 얘기로 표현하자면 얼굴이 안쪽으로 숨어들어간 듯한 모습이다. 그 작업으로 인해 그녀가 누구인지는 완전히 알 수 없게 됐지만, 아무리 애매한 기억 속의 누군가라 해도 성별만은 잘못 기억하지 않듯이, 그녀가 여자라는 것만은 여전히 명백했다.

'미키'와 '요시다 기미코'가 이런 관계였던 만큼 '미키'에 관해서는 육체 묘사 외에 딱히 쓸 만한 내용이 없다. 한편 '요시다 기미코'는 당연히 '미키'에게 없는 모든 정보를 갖추고 있다.

'요시다 기미코'의 출생지는 사이타마 현의 W시다. 아버지는 신용금고 직원이고 어머니는 초등학교 급식조리사로 둘 다 건재하다. 언뜻 생각하면 의외지만 수입은 늘 어머니 쪽이 더 많았다. 부부 금실은 나쁘지 않고 '요시다 기미코'와의 관계도 나쁘지 않았다. 두 살 터울의 오빠가 하나 있지만 중학교에 들어갈 무렵부터 딱히 사이가 틀어질 만한 계기도 없이 별로 말을 나누지 않게 되었다. 그는 지금 도쿄의 소방서에 근무하고 있고, 결혼해서 아이가 둘 있다. 외가 쪽 할아버지와 할머니는 돌아가셨지만 친가 쪽 조부모는 지금도 같은 시의 교외에서 농사를 짓는다.

고등학교까지 그 지역의 공립학교를 다녔고, 그후 사 년간 집에서 편도 한 시간 반 정도 걸리는 도내 사립대학을 다녔다. 어머니의 권유로 재학중에 교직과정을 선택했고, 시가 현 M시의 교원 임용시험에 합격해서 졸업과 동시에 같은 시의 중학교에 배치되었다. 담당 과목은 앞에서 말했듯이 사회다. 그후 학교를 한 번 옮기고 이사를 두 번 다니며, 어느덧 그녀는 이 고장에서 구 년째 혼자 생활하고 있었다.

교사가 되기로 결심했을 때 부모님은 매우 기뻐했지만 친한 친구 두세 명은 하나같이 왜? 하는 반응을 보였다. 왜 하필 교사가 되고 싶어하는지 모르겠다. 그리고 또, 왜 '요시다 기미코'가 교사가 되고 싶어하는지를 모르겠다는 것이다.

실제로 그 이유는 무엇이었을까?

딱히 유별난 것은 아니지만 '요시다 기미코'에게는 반성하는 습관이 거의 없었다. 어떤 한 가지를 꾸준히 생각하는 일도 없고, 그에 필요한 추상적인 능력이 본래부터 그다지 발달되어 있지 않았다. 자기 신상에 일어나는 일을 잘 정리해 다른 것과 연관짓지 못해서, 또다시 비슷한 일이 일어나도 알아채지 못하고 똑같은 실수를 저지르곤 했다. 당면한 일에 옆방으로 통하는 문이 있다는 것을 몰랐기에 누가 그것을 열어 보이면 매우 놀랐다. 그런 까닭에 저도 모르는 사이 그녀 방의 책꽂이에는 딱히 읽은 기억이 없는 점성술 책과 통속적인 심리학 책이 위세를 떨치게되었다. 자각이 부족한 그런 성격 탓에 그녀는 왠지 모르게 늘 불안했다.

한번은 왜 교사가 되었느냐는 질문에 교육실습이 재미있어서라고 솔직히 대답해서 그 자리에 있던 사람들에게 웃음을 산 적이 있었다. 대학 시절 그녀는 자주 그런 식으로 남들에게 웃음을 샀고, 하는 수 없이 자기도 슬며시 따라 웃곤 했다. 그래서 친구들한테서 늘 '아방하다'는 소릴 들었지만 정작 자신은 그게 무슨 의미인지 잘 몰랐다.

지금도 그녀의 방에는 교육실습 마지막 날에 받은 롤링페이퍼 두 장이 있다. 한 장은 학생들이 써준 것으로, '열심히 해서 좋은 선생님이 되세요' '선생님 수업은 정말 이해하기 쉬웠어요'라는 말들이 쓴 사람의 이름과 함께 거미줄 모양으로 뻗어 있다. 다른 한 장은 선생님들이 써준 것인데, 마찬가지로 '앞으로의 활약을 기대하겠습니다' 같은 말들이 이름과 함께 세로로 줄지어 있다.

그녀는 교사가 된 후 자극제로 삼을 생각으로 그것들을 간직해왔다.

불과 몇 달 전, 그녀는 문득 그 종이를 다시 바라보며 거기 이름이 있는 학생들이 이미 대부분 사회인이 되었을 거라는 사실을 깨닫고 새삼 놀랐다. 세월이 흘렀다는 것도 그렇지만, 이제 어디 길거리에서 평범한 어른이 된 그들과 재회해도 이상할 게 없다는 생각이 그녀를 망연히 이런저런 상념에 잠기게 했다. 만약 그런다면 서로의 얼굴을 알아볼까? 그렇게 생각하며 한 사람 한 사람의 이름을 바라보았지만, 뜻밖에도 기억이 나는 얼굴은 고작 두셋 정도뿐이었다.

2
사랑 비슷한 것

어느 소설이나 마찬가지겠지만, 이 글에서도 주인공의 인생에 할애할 수 있는 부분은 전체에 비해 결코 충분하다고 할 수 없다. 따라서 그중 어느 부분을 골라 쓸 것인가는 전적으로 작가의 자의에 달렸다.

사건이 일어나기 팔 개월 전 '가타하라 미쓰루'를 만나기 전까지, '요시다 기미코'가 관계를 가졌던 남자는 고작 두 명이었다.

'미키'의 존재는 일반 사람들의 상상에 어떻게 작용할까. 연애 경험이 풍부하니까 그럴 수 있는 것이다. 반대로 오히려 부족하니까 그런 짓을 저지른 것이다. 둘 중 어느 쪽으로 생각이 기울지는 알 수 없지만, 적어도 '요시다 기미코'는 연애에 조숙하지 않았다.

대체로 연애를 주저하게 만드는 것은 열등감인데, 그런 것에 구애받지 않고 천진난만하게 사람을 좋아할 수 있는 시기에 그녀는 누군가를 좋아해본 기억이 없다. 애당초 '요시다 기미코'에게는 초등학교에 들어가기 전의 기억이 전혀 없었다. 다른 아이들이 당연하다는 듯 유치원 시절의 추억을 이야기하고, 나아가 두세 살 무렵의 일까지 기억해내곤 하는 것이 그녀는 늘 불가사의했다. 딱히 억압하고픈 체험이 있었던 것도 아니다. 단지 기억이 뒤늦게 각성했을 뿐이지만 그녀는 그것을 알게 모르게 신경썼고, 그 와중에 부모에게 들은 몇 가지 광경을 영상화해서는, 지금은 그것을 거의 자기의 기억인 양 받아들이고 있었다.

어른이 되어 친구와 첫사랑 얘기를 나누었을 때, 그녀는 이런저런 생각들을 떠올린 끝에 아마도 초등학교 4학년 때였나보다고 결론지었다.

그때 그녀는 반에서 가장 인기가 많았던 축구부 남학생을 좋아했었다. 마르고 키는 중간 정도, 다른 옷도 입었을 테지만 그의 모습을 떠올려보면 항상 넉넉한 흰색 반바지 자락 밑으로 솜털 하나 없는 구릿빛 다리가 민첩하게 움직이던 것만 뇌리에 어른거렸다. 숙제를 자주 빼먹은 탓에 넓적다리에는 늘 선생님의 손자국이 벌겋게 나 있었다. 교사가 된 후로 새삼 놀란 부분인데, 당시만 해도 걸핏하면 선생이 학생을 때리곤 했다. 머리 색

깔은 염색한 것처럼 옅고, 조금 긴 스포츠머리라 땀을 흘리면 젖은 앞머리 끄트머리가 이마를 때리며 부드럽게 튕겨올랐다. 눈매가 살짝 올라간 듯했지만 짙은 쌍꺼풀에 눈동자가 크고, 코에서 입 언저리는 어쩐지 강아지가 연상되는 애교가 느껴졌다. 피부는 겨울에도 햇볕에 그을려 있고 오른쪽 뺨에 갈색 점이 있었다. 두 학년 아래에 한눈에 알아볼 수 있을 정도로 쏙 빼닮은 여동생이 있었다. 그래서 그 아이한테 마음이 있는 여학생 몇몇은 꽤나 바지런히 그 여동생을 챙겨주었다.

언제였을까, 그애만큼이나 인기 있던 다른 남학생의 제안으로 반에서 인기투표를 한 적이 있었다. '요시다 기미코'는 그 투표용지에 처음으로 그애 이름을 써보았다. 개표해보니 남녀를 불문하고 그 아이의 이름을 쓴 종이가 압도적으로 많았다.

그녀는 분명 그애를 좋아했다. 그러나 동시에 인기 아이돌 그룹이나 배구 선수를 좋아했고, 그 아이를 좋아하는 것도 그와 별반 다르지 않았다. 그애는 늘 당시 여자 1위를 차지한 학생과 잘 어울린다며 놀림을 받았다. '요시다 기미코'도 그것을 지극히 당연하게 생각했기에 여자 투표 칸에는 그 여학생의 이름을 썼다. 투표용지에 '요시다 기미코'라고 쓴 사람은 남녀를 불문하고 한 명도 없었지만, 그런 학생은 그 밖에도 많았기에 그리 특이한 일이 아니었다. 오히려 반에서 가장 못생긴 걸로 통하던 여자애한

테는 짓궂은 장난으로 두 명이 표를 던졌다.

딱히 비굴하달 것도 없는 '요시다 기미코'의 그런 자연스러운 체념은 고등학교를 졸업할 때까지 줄곧 변하지 않았다. 연애란 늘 교실 한가운데에서 주목을 받는 몇몇 학생들만 배역을 맡는 연극이라 생각했기 때문에, 자기가 그와 무관한 것을 그다지 이상하게 여기지 않았다. 그녀는 별 어려움 없이 자기 외모가 별볼일 없다는 사실을 자각했다. 그리고 동경하는 남학생들이 이따금 그런 자기를 무시하는 것을 당연하게 받아들였다.

사건 후 '요시다 기미코'의 옛 동창들은 한결같이 그녀에 대해 "얌전한 학생이었다"고 말했고, 그 정도 기억도 없는 사람은 오히려 "평범한 학생이었다"고 말하기도 했는데, 그런 인상은 초등학생 무렵부터 변함없이 일관된 것이었다.

물론 그러면 그런 대로, 그녀처럼 교실 중심에서 벗어나 있으면서, 인기 많은 애들보다는 훨씬 수수하지만 꼼꼼히 찾아보면 장점이 없지도 않은 남학생과 사랑에 빠졌을 법도 하나, 그녀가 생각하는 연애는 아직 그런 아이를 눈여겨볼 정도로 현실적인 것이 못 되었다.

중학교 시절에는 다과를 먹을 수 있다는 이유로 다도부에 들어갔지만, 남자 부원은 괴짜로 소문난 동급생 한 명뿐이었다. 손목시계를 오른쪽에 찬다는 것, 슈퍼마켓 비닐봉지를 필통 대신으로 쓴다는 것. 집에 가기 전에 반드시 전화를 걸어서 저녁 반찬을 확인한다는 것이 그에 관한 대표적인 소문이었다. '요시다 기미코'는 다실 대신 쓰던 숙직실에서 그가 여봐란 듯이 해 보이는 유별난 언동을 자주 접했지만, 딱히 싫지도 않았기에 다른 부원과 마찬가지로 그가 원하는 대로 일일이 미소를 지어주곤 했다. 그래서 부원이 아닌 학생들은 이따금 호기심 어린 눈빛으로 그런 담소의 풍경을 훔쳐보았다.

'요시다 기미코'는 '얌전한 학생'이긴 했지만 웃음이 적은 학생은 아니었다. 매일 아침 그녀가 언제 등교해서 언제 하교하는지 아무도 신경 쓰지 않았지만, 교실에 있는 동안에는 친한 친구 두세 명과 늘 함께였고, 점심시간에는 그애들과 같이 도시락을 먹으며 곧잘 웃었다. 그 몇 명 말고 다른 아이들과는 제대로 대화를 나눈 적이 거의 없었기 때문에 그녀가 무슨 일을 어떤 식으로 재미있어하는가는—애당초 생각해보지도 않았지만—일종의 수수께끼였다. 역사 시간에 선생이 농담 삼아 연호로 말장난을 하면 그녀도 다른 아이들과 함께 웃었다. 반에서 인기 있는 남학생이 제비뽑기로 화장실 청소에 걸렸을 때 난리를 치며 떠들썩해지는 교실 안에서 그녀 역시 예외는 아니었다. 웃는 것에 이유가 필요한 건 아니니 그녀도 그냥 우스워서 웃은 것에 불과했지만, 언뜻 그 모습이 시선 끝에 잡히면 왜 그런지 묘하게 인상에 남았다. 그러고 보니 아무도 '요시다 기미코'가 울거나 화내는 모습을 본 적이 없었다. 늘 밝고 쾌활한 것은 아니었고 기분이 언짢을 때도 물론 있었지만, 아무도 그런 모습을 알아채지 못했다. 그래서 그녀는 어찌 보면 그녀 자신이라기보다 그녀를 찍은 사진에 가까웠다.

'요시다 기미코'의 심리 동향은 타인에게나 그녀 자신에게나 방임되었다. 이성에게 사랑받으려는 노력을 애당초 포기했기 때문에 그녀는 외양과 마찬가지로 내면도 그다지 다듬지 못했다. 일방적으로 호의를 품을지언정, 그 상대의 호감을 얻기 위한 수단은 놀라울 정도로 깨끗이 단념했다. 그래서 아무리 시간이 흘러도 눈앞의 인간이 무슨 생각을 하는지 가늠할 수 없었다. 지독한 독선가가 될 수도 있었을 테지만 그렇지 않았던 것은 그녀의 타고난 성질 때문인지도 모른다. 집단 괴롭힘을 당할 가능성이 컸으나 다행히 그런 경험은 없었다. 그저 몇 번인가, 남들이 나를 무시하는 걸까 하는 의심을 품어본 적은 있지만.

갓 대학생이 되었을 무렵, 아직 어색함이 감도는 술자리에 캔맥주며 편의점 안주와 함께 저마다 화려한 십대 시절 연애담을 들고 모였을 때, '요시다 기미코'는 한번 고등학교 물리 선생님에 관한 사소한 '일화'를 풀어놓은 적이 있었다. 시시한 얘기였지만 장롱 깊이 소중히 간직했던 것을 끄집어내듯 꽤나 머뭇거리며 말해서, 듣는 이들은 아직 덜 친한 사이 특유의 친절함으로 관심 있는 척하며 끝까지 귀를 기울여주었다.

그 물리 교사는 주로 2, 3학년을 담당한 사십대 중반의 남자로, 결혼해서 아이가 둘 있었고 수업시간에 자주 가족 이야기를 했다. 잘 가르치고 성격도 수더분해서 학생들에게 인기가 있었고 멋있다며 좋아하는 여학생도 있었지만, 졸업한 후에는 하나같이 왜 그 사람을 멋있다고 생각했는지 모르겠다며 고개를 갸웃거리곤 했다.

그런 교사가 으레 그렇듯 이 남자에게도 조금 유별난 구석이 있었다. 무슨 계기 때문인지 '요시다 기미코'가 재학하던 무렵 그는 애너그램*에 푹 빠져 있었다. 수업중에 때때로 저명한 물리학자의 이름을 엉뚱한 애너그램으로 선보이기도 해서 다들 그 취미를 알고는 있었지만, 한번은 아무도 모르게 난데없이 1학년 전원의 명단을 절묘한 애너그램으로 만들어 발표한 적이 있었다. 그때만큼은 그 역시 괴짜 칭호를 면할 수 없었다. 참고로 그때 '요시다 기미코'는 '좋은 신여**다(요키미코시다)'로 바뀌었다. 애너그램이라지만 알파벳이 아니라 일본어 문자의 배열을

---

* anagram, 철자 바꾸기 놀이.

** 神輿, 신령을 안치하는 가마.

바꾼 것이었다.

지방 학교에서 이따금 나타나는 기묘한 유행이 그렇듯 학생 중에는 이 우스꽝스러운 취미에 감염되어 몸소 실천한 아이들이 있었는데, 그녀도 그중 하나였다.

언젠가 그녀는 수업과 관련된 질문을 하러 방과 후 교무실을 찾았을 때, 자기가 생각해낸 스무 개 남짓한 연예인과 운동선수 이름의 애너그램을 적은 리포트 용지를 물리 교사에게 보여준 적이 있었다. 그는 무척 기뻐했고, 그때부터 복도에서 그녀와 마주칠 때마다 열심히 말을 붙였다. 그런 학생은 그 밖에도 많았지만 그녀에게 이것은 특별한 일이었다.

그후 한번은 도서관에서 공부를 하고 있는데 그 선생이 별안간 "공부 잘 되니?"라며 어깨를 주무른 적이 있었다. 담배 냄새가 귀에 직접 닿는 것 같았다. 그녀는 그때 몹시 민감하게 저항했다. 그리고 돌아보고는 예의 선생이 서 있는 것을 알아차리자, 어찌해야 좋을지 몰라 그저 고개를 살짝 숙이며 "……네"라고만 대답했다.

그녀의 몸은 순간적으로 그 손의 감촉에서 음란한 무언가를 감지했지만, 정작 본인은 그것을 얼마간 기분 좋게 느꼈다. 그리고 어느덧 몇 년이 흘러 대학을 졸업한 지도 한참 지나고 나서야 결국 그 최초의 직감이 모두 옳았다는 것을 알았다.

3
성기/생리

    일반적인 여성과 마찬가지로 '요시다 기미코'도 열한 살에 초경을 시작하기 직전까지 여성의 성기에 관해 완전히 무지했다. 자기 몸에 그런 부위가 있는 줄 꿈에도 상상하지 못했던지라 초등학교 5학년 봄, 체육관에 여자아이만 모여 특별수업을 받으며 OHP 화면에서 남녀의 하복부 단면도를 처음 봤을 때에도 내장의 다른 부분과 다를 게 없어 보이는 그게 대체 무엇인지 좀처럼 알아볼 수 없었다.

    집으로 돌아온 그녀는 책가방을 들고 2층 자기 방으로 올라가, 당시 아직 수세식이 아니었던 화장실에 틀어박혀 엄마의 손거울로 머뭇머뭇 그 위치를 확인했다.

    누구에게나 그 발견은 사후적인 것이지만, 그녀 또한 그때 처음으로 자기 음부에 이미 털이 났단 것을 알고 놀랐다. 털은 아직 5밀리미터 정도 길이로 드문드문 조그맣게 돋아나 있었지만, 두덩뼈를 덮은 희고 통통한 살의 부드러움과 매끈한 표면 밑에서 비밀리에 준비되어 나타난 털의 뻣뻣함의 부조화는 자기 몸에서 진행되는 변화를 실감하기에 충분했다.

몇 번이나 그곳을 어루만지며 그 뿌리의 감각을 확인했다. 그러고는 간신히 손거울을 가랑이 사이로 밀어넣었다.

굳게 닫힌 외음부는 처음에는 그 내부를 드러내지 않았지만, 몸의 위치를 바꾸고 배뇨 자세를 취해 억지로 벌리자, 천장의 알전구 빛을 강하게 반사하는 둥그런 플라스틱 테두리 거울 속에 아직 얕은 주름만 잡힌 미지의 핑크색 기관이 나타났다.

육체 밑바닥의 천공穿孔이라는 추상적인 이미지와 달리 거울 표면에 비친 그녀의 기관은 갓 태어나 눈도 못 뜨고 가까스로 숨을 쉬는 병아리와 비슷해서, 벋디딘 다리의 통증으로 불시에 힘이 빠질 때마다 서로 포개지는 매끈한 살의 숨길 안쪽에서는 뭐라 형용할 길 없이 갑갑한 어둠이 넌지시 내비쳤다.

그녀는 철이 든 후로 엄마가 "세균이 들어가니 안 돼"라며 만지지 못하게 했던 그 부분으로 머뭇머뭇 손을 뻗어보았다. 양쪽의 얇은 살로 닫힌 중심을 가운뎃손가락 끝으로 살짝 더듬은 순간, 마치 거울 속에서 "안 돼!"라며 나무라는 엄마의 목소리가 들린 것처럼 찌를 듯한 통증이 스치고 지나갔다. 엉겁결에 몸을 젖힌 순간 거울 속 성기는 모습을 감춰버렸다.

마치 생선 배에 칼을 찔러넣으면 피가 흘러나오듯이 죄의식이 불안을 가슴속 구석구석까지 퍼뜨렸다. 화장실 밖 수도꼭지에서 여느 때같이 친구들과 놀다 들어온 오빠가 진흙투성이가 된 신발을 닦는 기척이 느껴졌다.

그녀는 황급히 일어나 속옷과 속바지를 추켜 입고 말려올라간 치마를 가다듬었다. 배설 이외의 이유로 화장실에 들어갔다는 자각이 그녀를 우울하게 만들었다. 그녀는 거울에 비친 자기 얼굴을 살펴보았다. 얼굴에 뭔가가 드러나지 않았는지, 아니, 오히려 거울 속에 무슨 흔적이 남아 있지는 않은지 확인하듯 뚫어져라 쳐다보았다. 요즘에 엄마가 늘 세면실 거울 앞에서 화장을 해서 이 손거울은 쓰지 않는다는 것은 알고 있었다. 그래도 어쩌다 여기로 눈길이 갔다가 이변을 알아차리기라도 하면 어쩌나. 그녀는 무슨 나쁜 짓을 하다 고자질 잘하는 반 친구에게 들켜버린 것처럼 불안해졌다. 그래서 거울을 자기 방으로 들고 가서 책상 서랍 깊숙이 감췄고, 대학을 졸업하고 자취를 시작하기 전 짐 정리를 할 때까지 줄곧 그곳에 숨겨둔 채, 그저 이따금 확인하듯 주뼛주뼛 그 안을 들여다보기만 했다.

'요시다 기미코'가 초경을 맞은 것은 이 일이 있은 지 석 달이 지난 무렵이다.

여학생들 사이에서는 이미 생리를 시작한 아이의 이름이 방과후나 쉬는 시간에 은밀한 속삭임으로 오갔다. '요시다 기미코'도 그날 수업 이후로 갑작스럽게 왕성해진 얘기. 뭔가 냄새를 맡은 남학생들이 알고 싶어 안달하던 그 '비밀 얘기'를 몇 번인가 접했지만 제 발로 그 무리에 끼어들려 하지는 않았다.

며칠 전부터 그녀는 하복부에 차디찬 큰 돌이 들어앉아 있는 듯한 불쾌함에 시달렸다. 처음에는 배탈이 난 건가 했지만 배변에는 이상이 없었다.

그날 4교시 수업이 중간쯤 접어들었을 때 그녀는 선생님에게 화장실에 가고 싶다고 말했다. 국어 시간이었는데, 선생님이 막 주의가 산만한 학생에게 소설 등장인물의 심정에 관해 물은 참이었다. 교실의 모든 학생이 그녀를 돌아보았다. 이런 학생은 간혹 있었지만 이번에는 그게 '얌전한' '요시다 기미코'라는 사실이 호기심을 끌었다.

한창 수업중이던 교사는 "뭐야, 5학년씩이나 돼가지고. 쉬는 시간에 다녀와야지!"라고 짜증 섞인 핀잔을 준 후 허락해주었다. 그녀가 자리에서 일어나면서 척 봐도 엄마가 사준 티가 나는 작은 파우치를 보조가방에서 꺼내자 삼십대 중반의 남자 교사는 흠칫 놀라는 표정을 지었다. 그리고 어색한 표정으로 입가를 손으로 훔쳐내고는 다른 말 없이 그대로 수업을 계속했다. 점심시간이 되자 그는 당장 학년주임인 여교사에게 가서 이 일을 상담했다. 모두들 베테랑이라 평가하며 존경하던 이 오십대 여자는, 그렇게 대하는 편이 오히려 자연스럽고 좋다고 웃으며 그를 위로했다.

'요시다 기미코'는 수업중이라 아무도 없는 썰렁한 화장실의 괴괴한 정적 속에서 양손에 피를 묻혀가며 난생처음 그 뒤처리를 했다. 선생님에게 말할 때까지 꽤 오래 참았던 탓에 속옷은 물론이고 핑크색 치마에까지 희미하게 피가 스며 있었다. 닦아낼 수 있는 만큼 닦아내고 언젠가 엄마에게 배운 대로 생리대를 속옷에 붙인 후, 교실로 돌아가지 않고 곧바로 양호실로 향했다. 그리고 사정을 이야기하고 여벌 치마를 빌려 입고서는, 젊은 여자 양호 선생님의 권유대로 점심시간이 시작되어 교내가 시끌벅적해지기 전에 몸이 안 좋다는 이유를 대고 조용히 학교를 조퇴했다.

나중에 다른 사람과 얘기해보니 처음에는 피라고 할 수도 없는 옅은 갈색 얼룩이 속옷에 살짝 묻은 정도였던 이도 있었지만, '요시다 기미코'의 경우는 처음부터 통증이 몹시 심하고 출혈도 많았다. 어쩌면 처음 몇 번은 모르고 넘어갔었는지도 모른다. 그리고 성장할수록 증상이 더욱 심해져서 중학교에 들어가고 나서는 이틀째 되는 날에 종종 학교를 쉬어야 했다.

언젠가 거울 속에서 보았던 기묘한 기관이 그녀 자신의 소유로 돌아온 것은 분명 이때부터였다. 처음으로 성기에 손을 댔을 때 온몸이 과민하게 거부하던 외상적 통증의 기억이, 비로소 그녀의 내부에 보다 깊이 파묻혀 있던 훨씬 둔중하고 애매하며 집요한 통증의 실감과 이어졌다.

통증에도 형태가 있다고 가정한다면 그녀의 통증은 거꾸로 선삼각형처럼 아래에 예각의 정점을 두고 위로는 음울하고 묵직한 저변의 뿌리를 뻗치고 있었다. 그리고 생리 때마다 죽은 동물의 고기에서 느껴질 법한 냉랭함으로 무겁게 기대오는 그 구조를, 발광發光하는 열과 함께 무너져내리는 듯한 출혈이 생생하게 부각시켰다.

이런 유의 통증은 '요시다 기미코'의 성격에 얼마간 영향을 미쳤다.

자기도 알아채지 못하는 사이 이따금 드러나는 그녀의 과묵함에는 입을 꾹 다문 채 무겁게 가라앉은 분위기가 감돌기 시작했다. 생리 때마다 지독한 인내를 강요당한 탓에, 딱히 지금껏 불행한 경험이 없었던 그녀의 표정에는 오랜 시간 이어진 피로의 흔적 같은 것이 어렴풋이 드러났다. 내부의 변화를 감추기 위해 언제부터인가 애써 웃는 얼굴이 누름돌 역할을 맡았다. 그런 까닭에 본래부터 그다지 쾌활하지 않았던 그녀는 또다시 조금 더 화사함을 잃었다.

'요시다 기미코'의 고통이 남들보다 심한 것은 분명했고, 그 얼굴에는 한편으로 어딘가 모르게 성녀聖女와도 같은 음영이 싹텄다. 당혹스러운 몇 년간의 함구를 거쳐 가까스로 교실 한구석에서 친구에게 생리의 고민을 털어놓은 뒤, 그녀는 자신의 불합리한 고통을 한층 강하게 자각하게 되었다. 사람에 따라서는 언제 시작해서 언제 끝나는지도 거의 모를 정도로 이런 괴로움과 거리가 먼 경우도 있다. 반면 나는 제대로 서 있지도 못할 만큼의 고통을 받는다. 왜 그럴까? 이유는 전혀 없었다. 그녀는 완전히 무작위로 그 고통의 선택을 받았다. 저 여자에게는 이 정도 고통을, 이 여자에게는 저 정도 고통을 주는 식의 배분에는 신비적인 무의미함이 있었다. 거기에는 사람이 이해할 만한 그 어떤 논리도 없다. 그런 불합리가 그녀의 인내에 일종의 불가사의한 존엄을 부여했다.

생리 이야기가 나오면 그녀는 무구한 우연의 수난자인 양 소녀들의 동정을 모았고, 때로는 경의마저 받았다. 병자 같기도 했지만 그만큼 명백하지는 않았고, 그 비밀은 오로지 여자들 사이에서만 공유되었기 때문에, 그녀의 괴로움은 아직 세상을 잘 모르는 소녀들이 막연하게 떠올려보는 여자의 불리함의 예증처럼 받아들여졌다. 소년들에게서 어떤 불합리한 처사를 당하면 왜 그런지 그녀를 떠올리곤 했다. 남자는 절대 그런 괴로움을 모른다. 그렇게 생각하면 그녀의 인내가 자랑스럽고, 남자들이 한없이 어린애같이 느껴졌다. 직접 그녀의 얘기를 들은 사람은 매우 안쓰럽다는 표정을 지었고, 얘기가 끝날 때 무심코 "대단해"라고 말하기도 했다. 왜 '대단'한지는 아무도 몰랐지만 내심 모두 그 말에 동의했다. 그래서 '요시다 기미코'는 생리 때면 자주 그 괴로움을 친구에게 털어놓았고, 친구들은 그때마다 성심껏 위로의 말을 건네며 진통제를 나눠주었다. 그런 일이 너무 빈번해지자 듣는 쪽에선 차츰 얼마 남지 않은 동정을 절약하게 되었다. 그리고 유난히 생리통이 없는 친구 중에는 그게 무슨 자랑거리냐며 조금 아니꼽게 생각하는 아이도 있었다.

'요시다 기미코'는 그런 우정에 대해 소박하고 소녀다운, 꿈을 꾸는 듯 황홀한 감동을 느꼈지만, 그보다 훨씬 막연하기는 해도 남과 다르다는 특권적인 쾌감에 역시 아주 둔감하지는 않았다. 이것은 매사에 남의 시선을 끈 적이 없던 그녀가 예기치 못한, 완전한 미지의 경험이었다.

생리는 물론 주기적인 현상이므로 그녀의 고통은 한 달마다 찾아왔고, 그사이 불안은 질량적인 굴곡을 그리며 그녀의 생활을 채워나갔다. 통증의 간만干滿이 일그러진 원을 그리고, 그것이

곧 그녀의 시간이 되었다. 이따금 몹시 짜증이 나서 이유 없이 엄마에게 대들거나 몇 안 되는 친한 친구와 싸우기도 했지만, 그때도 그녀는 당사자들이 사흘도 기억하지 못할 만큼 매우 조심스러웠다.

한편 또다른 통증—엄마의 거울 속에서 생겨났던 그 예리하고 날카로운 통증—은 과거라기보다 오히려 더 먼 일회적인 미래로 멀어져갔다. 언제부터인가 그녀는 자연스럽게 그것을 첫 성교의 고통으로 상상하게 되었다. 머지않아 다시금 단 한 번, 그것도 몇 배나 증폭되어 찾아올 그 미연의 통증은 지극히 온당한 도덕적 금지와 더불어 언제나 그녀를 두렵게 했다. 처녀막이 '터지다' '찢어지다'라는 생생한 표현이 행위의 난폭성을 두드러지게 했다. 두려운 한편으로 모든 것이 자기와 거의 무관하게 느껴지기도 해서, 그녀는 당장은 그것이 무한히 연기될 것을 기대했고 또한 믿었다.

4
유방/자위

    중고등학교 시절 '요시다 기미코'의 담임이었던 교사들은 하나같이 그녀를 말수가 적고 착실하며, 아주 영리하다고 하긴 어려워도 열심히 공부하던 '좋은 학생'으로 기억했다. 이 '좋은'이라는 말에 물론 별다른 의미가 없었지만, 사건 후 그들의 회상 속에서 이 말은 때로는 사건과의 대조 탓에 더욱 강조되고, 때로는 한층 복잡한 그림자를 드리우게 되었다.

    그녀는 지역에서 중급 정도 되는 공립 고등학교에 진학했다. 머리를 자르고 여드름이 줄어들고 얼굴이 제법 어른스러워졌지만, 화장은 전혀 하지 않았고 눈썹 한 번 정리한 적이 없었다. 자각하지는 못했지만 아침에 세면대 앞에 서서도, 수업시간 사이사이에 화장실에 들러서도, 밤에 욕실에 들어가서도 그녀는 긴

시간 동안 거울 앞에 서본 적이 별로 없었다.

평소부터 남에게 보인다는 의식이 전혀 없던 탓에, 외모에 대한 그녀의 무관심에는 사람들이 집에서 실내복으로 갈아입었을 때 느끼는 것과 같은 편안함이 있었다. 고등학교에 입학한 당시 그녀는 키 162센티미터, 몸무게 58킬로그램이었다. 약간 통통한 편이란 걸 스스로도 알고 있었지만 딱히 신경 쓰지 않았다. 점심 시간에 친구들이 가져온 잡지를 보면서 다이어트 얘기를 하기도 했지만, 직접 시도해본 적은 대학에 들어갈 때까지 단 한 번도 없었다.

그녀가 외모에서 유일하게 신경 썼던 것은 가슴 크기였다.

결점이란 남에게 받아들여지기 바라는 자의 고민거리다. 사랑받고 싶다. 그러면 사랑받지 못할 만한 부분들이 신경 쓰인다. 주먹코, 외까풀 눈, 이중 턱, 비만, 짧은 다리, ……그 모든 것들 하나하나가 상대의 애정을 식혀버릴 듯한 기분이 든다. 그러나 가슴이 크다는 것은 조금 다른 문제였다. '요시다 기미코'의 가슴은, 마치 뭘 먹다가 흘린 자국처럼 슬며시 시선을 끌었다가 곧바로 조심스럽게 고개를 숙이게 만들었다. 눈에 띈다는 것. 그 말의 강한 울림과 표면적인 의미가 그녀를 더더욱 주눅 들게 만들었다. 그녀는 도리어 인간관계의 외부에 머물고 싶었다. 가슴 크기 때문에 자기가 남에게 사랑받지 못한다고 느꼈던 건 아니다.

전혀 준비되지 않은 상태에서 그 때문에 남의 관심을 끄는 것이 당혹스러웠다. 그녀에게 그런 경험은 미지의 것이었다.

맨 처음 의식한 것은 속옷을 살 때였다. 중학생 무렵부터 차츰 사이즈가 커지더니 고등학교 1학년이 되자 근처 가게에서는 맞는 속옷을 찾을 수 없게 되었다. 하는 수 없이 당시 엄마가 애용하던 통신판매 카탈로그를 통해 속옷을 구입했지만, '볼륨 있는 분에게'라는 코너에 실린 사진들은 마네킹처럼 예쁜 외국인 모델이 착용했음에도 도무지 고등학생이 입을 만한 디자인으로 보이지 않았다. 거울 앞에 서면 어린애가 장난 삼아 엄마의 옷을 걸친 것처럼 부자연스러웠다. 그녀의 가슴은 부분적으로 다른 곳보다 빠르게 노성老成하는 듯 보였다. 그곳만은 이미 성인을 넘어 중년에 가까웠고, 어깨에 걸린 넓은 베이지색 끈이 그물처럼 묵직하게 좌우 유방을 매달고 있는 모습에서는 생활의 냄새까지 느껴졌다. 어떤 의미에서 그것은 유방 이상의 유방이었다. 그 생김새는 아직까지 애매하고 유연하게 육체를 감싸왔던 피부의 미연성未然性과 맞부딪쳐서, 지금까지 훌륭한 조화를 이루며 통일을 유지해온 그녀라는 존재의 균형에 쓸데없는 가중을 더하며 굴곡을 일으켰다. 어쩔 수 없지 않냐고 엄마가 말해도, 그녀는 동복 교복을 입는 시기에 체육 수업이 없는 날에만 그것을 착용했다. 하복을 입을 때는 억지로 작은 사이즈를 입은 탓에 가슴살이 컵

위로 솟아오르듯 비어져나와, 그 결과 하얀 블라우스 안에서 한 층 그 크기를 강조하는 꼴이 되었다.

'요시다 기미코'가 굵은 팔다리보다 풍만한 가슴을 더 부끄럽게 느꼈던 까닭은 물론 그리로 향하는 관심이 성적인 것이었기 때문이다. 만약 그녀 마음에 걸리는 구석이 전혀 없었다면 그렇게까지 신경이 쓰이지 않았을지도 모른다. 그러나 그녀는 사람들의 그런 관심이 유방보다 훨씬 깊숙한 곳까지 와 닿는 것을 막연하게 두려워했다.

중학교를 졸업할 무렵 '요시다 기미코'가 살던 낡은 집은 때마침 대대적인 리모델링 공사를 했다. 화장실이 수세식으로 바뀐 것도 이때였다.

그녀에게 생긴 큰 변화는 그때까지 오빠 방과 고작 미닫이문 하나로 나뉘어 있던 자기 방이 드디어 제대로 독립된 것이었다. 그것은 오누이 둘 다 강렬하게 희망했던 바였다. 그리고 이때부터 오빠는 거의 매일, 여동생은 가끔 문을 잠그고 자기 방에서 자위를 하게 되었다.

'요시다 기미코'의 성적 욕구의 파도는 이 무렵 완전히 내인성 內因性을 지닌 물질처럼 생리 주기와 완벽하게 보조를 맞추었다. 스스로는 별로 그 인과관계를 생각해보지 않았지만, 생리 전 복통이 심해지면 딱딱해진 하복부 밑에서 희미한 심박처럼 동요하는 열기의 멍울을 느꼈다. 몇 번인가 어렴풋한 지식에 따라 손가락을 뻗어 그리로 직접 이어지는 듯한 자극을 찾아냈다. 그것이 반복되는 사이 흡사 짐승들이 지나는 오솔길이 뚫리듯이, 분명치는 않지만 가느다란 한 줄기 애로隘路가 성기와 쾌감 사이에 확보되었다.

쾌감은 오로지 클리토리스에서만 구했고 생식기에는 전혀 손을 뻗지 않았다. 통증에 대한 예전 기억이 여전히 강하게 남아 있었던 탓에 목욕하면서 비누로 몸을 닦을 때조차 질구는 되도록 스치려 하지 않았다. 불과 몇 센티미터 거리에서 그것이 온전히 보존되어 있다는 것이 자위에 대한 의식을 애매하게 만들었다.

당시 '요시다 기미코'가 가지고 있던 성 관련 지식은 보건 수업에서 배운 개론적인 것 말고는 오빠 방에서 발견한 포르노 잡지에서 얻은 게 전부였다. 그녀는 인터넷의 보급으로 초등학생도 손쉽게 그쪽 정보를 입수할 수 있게 되는 시대 직전에 십대를 마쳤다. 학교에서는 일부 여학생들 사이에서 망상과 실제 체험이 뒤섞인 왜곡된 음담이 횡행했지만, 그녀가 그런 무리에 끼어든 적은 없었다.

한창 자위를 하는 중에는 죄의식이 희박했다. 그러나 다음 날 아침이 되어 방 안이 아침 햇살로 환하게 빛나고, 눈에 보이지는 않아도 지난밤의 여운을 머금은 듯한 손을 씻으러 세면대로 가다 부모와 마주치기라도 하면 별안간 수치심이 솟구쳐올라서 자기도 모르게 주먹을 꽉 움켜쥐었다.

비밀은 자연히 사람을 내면화시킨다. 그러나 그 결과 사람이 신경 쓰게 되는 것은 오히려 외면이다. '요시다 기미코'는 자기 자신에 관해 깊이 생각하는 때가 별로 없었다. 그것은 즉 과거의 자기를 돌아보는 일이 적었다는 뜻이다. 아무도 자기를 눈여겨 보지 않는다는 안심은 그녀의 자의식에 행복한 잠을 약속했으므로, 자기가 남의 눈에 어떻게 보였을지 의식적으로 돌이켜본 적은 여태껏 한 번도 없었다. 말하자면 그것이 바로 겉모습에 대한 그녀의 무관심의 근원이었다. 그러나 자위의 비밀을 품게 된 후로는, 결코 누구도 목격하지 않았을 자기의 그 모습을 마치 타인의 눈이 보고 있었다는 상상을 하곤 했다.

평소에는 까맣게 잊고 지냈지만 그녀는 가끔 비밀이 발각될까 불안을 느끼곤 했다. 자기 입으로 말한 적은 없다. 그렇다면 남에게 알려진다는 것은 그 비밀이 저절로 폭로된다는 뜻이다. 과연 어떤 표시가 드러나면 사람들이 그걸 알아챌까? 그녀는 자기 외모에 어디 부자연스러운 점이 없는지 생각해보았다. 그 흔적이란 구체적으로 어떤 것일까? 그것이 알고 싶어서 불을 끈 방 이불 속에 있는 스스로를 여러모로 상상해보았지만, 캄캄한 어둠 속에서 땀이 밸 정도의 열기가 깃든 이불에 휘감겨 있던 그 모습은 결코 윤곽을 드러내려 하지 않았다.

실제로 자위를 한 밤과 하지 않은 밤의 이튿날 아침은 아무런 차이가 없었다. 쉬는 시간에 복도에서 선생님과 스쳐 지나도, 점심시간에 친구와 얼굴을 마주해도 이변을 알아차리는 이는 아무도 없다. 그렇게 되면 비밀은 기묘하게 갈 곳을 잃는다. 비밀이란 애당초 위기와의 비중의 균형에 의해서만 육체 밑바닥으로 가라앉을 수 있는 것이다. 위기의 비중이 가벼워지면 그것은 당연히 표면으로 떠오르려 한다. 왜냐하면 그것은 결국 비밀을 가진 이의 존재의 희박성을 뜻하기 때문이다. 그녀는 여전히 그 희박성 속에 안주하고 싶었다. 만약 그녀의 그런 바람을 배신하고 부주의한 질량을 가해 존재의 압박을 주위로 발산하는 것이 있다면, 그것은 바로 그녀의 육체이며 그 중심에 크게 튀어나온 두 개의 유방이었다.

'요시다 기미코'는 언제부턴가 가슴으로 향하는 타인의 주시가 자신의 비밀로 이어지리라고 예감하게 되었다. 그녀는 처녀답게 혐오감을 갖고 그것을 강하게 거부했지만, 비밀 자체는 수험 기간의 울적이 깊어짐에 따라 오히려 갱신의 빈도를 높여갔다.

5
남성 경험

'가타하라 미쓰루'를 만나기 전까지 '요시다 기미코'는 두 명의 남자와 사귀었다.

시간의 단락에 대한 인간의 순종에는 신기하게도 의문을 허용하지 않는 확신이 있다. 단지 **대학생이 되었다**는 이유만으로 '요시다 기미코'는 자기가 더는 처녀여서는 안 된다는 생각이 들었다. 이것은 조금 설명하기 어려운 변화였지만, 그녀 자신도 그에 대해 '대학생이 되었으니까'라는 이유밖에 댈 수 없었다.

갑자기 애인을 갖고 싶어졌다. 일방적으로 동경하는 데 그치는 게 아니라 자기에게 애정을 기울여줄 이성의 존재가 필요했다. 그런 일은 있을 수 없다는 편견에서 탈피하는 데에는 그다지 오랜 시간이 걸리지 않았다. 신입생 환영 기간의 술자리에서, 시겟바늘이 심야를 지나 술에 취해 널브러진 사람들을 내버려둔 채 어색한 거짓 소란을 마무리 짓고 사적인 고백을 속삭거릴 즈음이면, 술을 별로 못 마시는 '요시다 기미코'는 늘 그 자리에 끼어 남들이 잇달아 풀어놓는 갖가지 연애담에 깊은 흥미를 갖고 귀를 기울였다. 다들 쓰라린 과거의 추억을 마지못해 얘기하는 척, 그러나 경쟁하듯 늘어놓았다. 얘깃거리가 풍부한 사람은 늘 대화의 중심에 있었고, 사람들은 그 자리에서는 그의 흥을 돋워주다가 나중에는 뒤에서 험담을 했다. 전혀 얘깃거리가 되지 않는 고등학교 생활을 자조적으로 자백하는 사람이 있는가 하면, 도무지 진짜 같지 않은 거짓말을 순간적으로 꾸며내는 사람도 있었다.

'요시다 기미코'는 무엇보다 그런 대화에 참여한다는 사실 자체가 신선했다. 고등학교 무렵까지 그것은 단지 교실 한가운데 있던 몇몇이나, 반대로 한구석에서 화려한 차림새 때문에 눈에 띄던 아이들이 독차지할 법한 화제였다. 그런데 이제는 누구에게나 당연하다는 듯이 열려 있다. 연애는 특별히 외모가 뛰어난 자에게만 주어지는 특권이 아닌 것이다. 그런 단순한 발견이 그녀의 가슴에 빛을 밝혔다. 자기의 뒤처짐이 갑자기 걱정되었다. 도쿄에 있는 대학에 입학한 탓에, 시골 출신이라는 열등감이 그것을 한층 부채질했다. 누군가와 사귀면 당연히 성행위도 할 생각이었다. 상상하면 두려웠지만, 그것이 불러오는 불안보다도 자기만 뒤처져버리는 데 대한 불안이 더 컸다.

역시 오직 '대학생이 되었다'는 이유로 '요시다 기미코'는 화장을 하기 시작했다. 고교 시절에는 교칙에 어긋났지만, 막상 금기가 사라지고 나니 해도 되는 게 아니라 하지 않으면 안 되는 것처럼 느껴져서 허겁지겁 화장도구 한 세트를 사들였다.

자연히 거울을 마주하는 시간이 길어졌다.

그녀는 지금껏 막연하게 전체적으로만 바라보던 자기 얼굴의 각 요소에 난생처음 개별적인 주의를 기울였다. 여성지를 펼쳐놓고 '메이크업 강좌' 페이지를 흘끔거리며 립스틱을 바르고 아이라인을 그렸다. 그럴 때마다 자기 얼굴이 모델의 아름다운 이목구비와 얼마나 다른지 실감하고 우울한 기분에 젖어들었다.

그녀의 얼굴은 단순히 거울에 비춰지는 게 아니라, 이때는 아예 그녀의 소유를 벗어나 거울 속에만 존재했다. 그리고 그녀의 얼굴이야말로 그것을 비추는 거울에 불과했다.

화장은 얼굴을 본인과 분리해 일개의 대상으로 변화시킨다. 그녀는 직접 얼굴에 손을 댈 때까지 못생긴 외모를 한탄한 적이 없었다. 다만 자기가 소위 말하는 미인이 아니라는 것을 알고 있었을 뿐이다. 그러나 자기 손에 그 못생긴 얼굴이 맡겨지고 개선하라는 명령을 받자, 그녀는 처음으로 자기 마음대로 되지 않는 현실에 짜증을 느꼈다. 아무리 애를 써도 견본 사진처럼 되지 않았다. 그것은 본래 그녀의 눈이 쌍꺼풀이 아니기 때문이다. 코가 오뚝하지 않기 때문이다. 턱이 그다지 갸름하지 않기 때문이다. —몇 번이나 고쳐 칠하는 사이에 그녀의 얼굴은 잘못된 밑그림을 점점 더 선명하게 드러냈다. 그래서 난생처음으로 유전이라는 불공평한 현상을 원망했다.

거리를 걷다보면 잘된 화장으로 저절로 눈길이 갔고, 곧 저것은 단순히 잘된 것만이 아니라 본바탕이 좋은 거라고 생각을 고쳤다. '요시다 기미코'는 자기 외모에 차츰 비굴해졌다. 태어나서 처음으로 다이어트를 시도해서 입학 후 반년 사이에 몸무게를 6킬로그램 가까이 줄였지만 효과는 그다지 믿을 수 없었다. 옷차림에도 신경을 쓰고 시내 유명한 미용실에서 머리를 자르기도 했다. 학생들의 친목 모임에 참가하고 같은 학과 남학생에게 적극적으로 말을 걸었다. 그녀는 지방 출신 대학생이 이 시기에 거치는 변모의 과정을 짓궂은 주간지 풍자만화처럼 완벽하게 밟아나갔다. 돈 문제와 별개로 일단 누군가를 만나고 싶어서 편의점에서 아르바이트를 시작했다. 부모님 집에서 통학하다보니 기껏해야 일주일에 이틀 정도였다. 동료와는 금세 마음을 터놓고 잡담을 나누는 좋은 친구가 되었지만 그 이상의 관계는 될 수 없었다. 매일같이 오는 손님 중에 마음이 끌리는 남자도 있었으나,

며칠 지나 애인처럼 보이는 그녀보다 훨씬 예쁜 여자와 가게를 찾은 모습을 보고 또다시 교실 한구석에서 멀찍이 '연애'를 관망하던 때와 같은 기분에 젖어들곤 했다.

'요시다 기미코'에게 첫 '남자친구'가 생긴 것은 스무 살 때였다. 상대는 같은 학년이었지만 이 년 재수해서 나이는 두 살 많았다.

고등학교 때까지는 '요시다 기미코'처럼 매사에 별로 적극적이지 않은 사람을 위한 장소도 확실하게 준비되어 있었고, 교실에는 늘 그녀의 자리가 있었으며, 선생님은 그녀의 이름을 불러 출석을 확인했고, 갖가지 행사가 참여를 촉구했다. 그러나 대학에 입학하고 얼마 지나지 않아 그녀는 이제 적극적으로 사람들과 어울리지 않으면 그 어디에도 갈 곳이 없다는 것을 알아차렸다. 그녀는 축제 포장마차 준비나 시험기간 노트 수집 등을 앞장서서 도맡았다. 그리고 그럴 때마다 같은 이유로 늘 함께 작업하던 사람이 그였다.

촌티를 전혀 벗지 못한 군마 현 출신 학생이었지만, 그런 만큼 그녀는 열등감 없이 그를 사랑할 수 있었다. 날짜와 장소가 다른 세 번의 악전고투 끝에 그녀는 하복부에 전치 일주일 정도의 '열상裂傷'을 입었다. 그녀가 일전에 경험한 통증의 기억은 이때 세부까지 구석구석 확대되며 구체적인 모습을 훤히 드러냈다.

출혈은 한 번뿐이었으나 통증의 감각은 오래도록 남았다. 상대가 요구하면 순순히 응했지만 군이 따지자면 전희에 더 쾌감을 느꼈다. 상대 남자는 동정을 바친 데서 오는 흥분과 교제 초기의 기쁨에 젖어서, 데이트 때도 식사하는 것 말고는 오로지 방에서 몸을 섞기만을 원했다. 애정을 확인하는 것은 그걸로 충분했지만 이따금 그녀가 보이는 인종忍從의 표정을 그는 한 번도 알아채지 못했다.

  '요시다 기미코'가 처녀성을 잃은 것은 주위 모두에게 금방 알려졌다. 딱히 털어놓지는 않았지만, 그때까지는 꺼리며 멀리했던 음담에 이제는 적극적으로 참여하게 되었다. 성적으로 받아들여졌다는 사실은 자신감으로 이어졌다. 남자와는 일 년 반쯤 만나다가 구직활동 때 말다툼을 한 게 원인이 되어 헤어졌다. 합격 통보를 받지 못한 그가 교원 임용시험에 붙은 그녀를 고까워한 탓이었다. 그후 시가 현에 와서 처음 부임한 학교의 동료와 한 번 사귀었지만, 어느 날 갑자기 그가 다른 여자와 결혼한다고 밝히는 바람에 그 관계도 끝났다. 그리고 사 년이 지나 알게 된 남자가 '가타하라 미쓰루'였다.

6
'가타하라 미쓰루' I — '너클' 사건

　이미 아는 바와 같이 만약 예의 사건이 '가타하라 미쓰루'가 아니라 같은 취미를 가진 다른 남자와 일으킨 일이었다면, '요시다 기미코'는 미디어에 이렇게까지 많이 오르내리지 않았을 것이다. 그랬을 경우 애당초 그 사건은 전혀 다른 느낌의, 시시하기 그지없는 일이었을 게 틀림없다. 사건 후 '요시다 기미코'를 아는 사람은 하나같이 뜻밖의 일에 눈을 휘둥그레 떴지만 '가타하라 미쓰루'의 경우는 조금 달랐다. 그를 아는 사람들도 마찬가지로 꽤나 놀랐으나 잠깐 생각해보니 그 남자라면 그런 짓을 저지를 수도 있겠다 싶기도 했다. 사건의 핵심에 관해서는 여전히 수수께끼가 많았으나, 정체를 알 수 없는 모호한 느낌 역시 그와 어울렸다.

'가타하라 미쓰루'에게는 친구라 할 만한 사람이 거의 없었다.

직장인 시청에서도 업무 외의 일로 대화를 나누는 사람은 결코 많지 않았고, 그 적은 기회에서조차 그가 건네는 말에 성가셔하는 투의 대답 한두 마디가 돌아오는 게 고작이었다. 그리고 그런 대화는 점심시간에 편한 동료끼리 잡담을 나누는 자리에서 자주 비웃음거리가 되곤 했다.

고등학교 때까지 '가타하라 미쓰루'는 '요시다 기미코'와 달리 무척이나 친구를 원했지만, 다들 그것을 알면서도 그와 어울리고 싶어하지 않았다. 유일하게 주위 인간과 *끈끈한* 관계를 맺은 게 있다면 초등학교 시절 내내 집단 괴롭힘을 당한 것 정도였다.

사건 후 중학교 동창생들은 바로 그게 이번 일의 징조였다며, 3학년 봄에 있었던 한 일화를 약간의 흥분과 함께 떠올렸다.

그해 교내 곳곳에서 담배꽁초가 눈에 띄어서 교사들이 조치를 취하느라 애를 먹고 있었다. 실화失火라기보다 아마도 고의적인 방화였을 텐데, 한번은 체육관 뒤쪽에서 불길이 치솟아서 소방차가 출동한 적도 있었다. 신속한 대처 덕분에 불이 크게 번지기 전에 *끄긴* 했지만 그 주변에 역시나 담배꽁초가 어지러이 흩어져 있었기 때문에, 교사들은 마침내 철저히 단속하기로 하고 수시로 예고 없이 소지품 검사를 실시했다. 위반이 발각되면 즉시 '출석 정지'—학생들은 '정학'이라고 말했지만—처분을 내릴 정도로 엄격했다. 검사를 통해 담배나 라이터를 압수하는 것보다 불안감을 이용한 예방효과를 노렸던 것인데, 이것이 주효했는지 한동안 교내에서 담배꽁초를 발견하는 것은 바닥에 떨어진 동전을 줍는 것보다 드문 일이 되었다.

이 흡연이 '가타하라 미쓰루'의 소행이었다는 것은 아니다. 범인은 몇몇 '불량소년'들이었고 그건 실제로 선생과 학생 모두 아는 바였다. 중간고사 날 방과 후에 기습적으로 실시한 소지품 검사는 다른 때와 달리 슬슬 할 때가 되었다는 사전 예측이 퍼지지 않아서 교사에게 많은 압수품을 안겨주었는데, 만화책과 CD, 포르노 잡지 등에 뒤섞여 예상치도 못했던 기묘한 물건 하나가 발각되었다.

교실에서 '가타하라 미쓰루'의 스포츠가방을 검사했을 때였다. 교사의 손이 교과서와 체육복이 난잡하게 뒤엉킨 무더기 속에서 부자연스러운 무게를 감지했다. 살펴보니 하얀 천에 싸인 도넛 크기의 저울추 고리 같은 것이 가방 바닥에 놓여 있었다.

교사는 '어?' 하는 표정으로 그것을 끄집어냈다. 그 무게감에는 교실이라는 장소가 애초에 수용을 상정하지 않았을 법한 거북스러운 의미가 깃들어 있었다. 개미귀신이 파놓은 함정에 걸려들듯이 학생들의 시선이 잇달아 발을 잡혀 그리로 모여들었다.

"……뭐야, 이게?"

교사의 물음에는 이미 확신에 찬 노기가 배어 있었다. 그것이 학생들의 호기심을 더욱 부채질했다.

'가타하라 미쓰루'는 어딘가 탁한 끈적임이 감도는 하얀 얼굴로 당혹스러운 듯이 교사의 얼굴을 올려다보았다. 그러고는 어떤 행동을 해야 하는지 약삭빠르게 알아챈 듯이, 갑자기 진지하게 반성하는 표정을 지으며 그 뜻을 읽어달라는 양 말없이 교사의 얼굴을 바라보았다. 그러나 교사는 받아주지 않았다.

"뭐냐고 묻잖아? 어?"

교실이 술렁이자 교사는 "조용히 해!"라고 일갈한 후 사방을 노려보았다. 그러고는 "뭐냐니까? 입 다물고 있으면 알 수가 없잖아!"라며 거친 말투로 쏘아붙였다.

"그, 그건요. ……저, ……호, 호신용입니다. ……"

'가타하라 미쓰루'는 허둥지둥 말을 더듬으며 살짝 쉰 목소리로, 한편으로는 설명만 잘하면 이해해줄 거라고 기대하는 듯 알랑거리는 표정으로, 고음이 나오지 않는 가수처럼 턱을 내밀며 '호신용'이라는 말을 쥐어짜냈다.

"허? 뭐야?"

"호신용이요. 호, 신, 용."

심문하듯 으름장을 놓는 교사의 물음에, '가타하라 미쓰루'는 이번에는 갑자기 짜증을 섞어 상대를 깔보는 투로 또박또박 대답했다. 그리고 말이 끝나자 고개를 두 번 강하게 끄덕였다. 교사는 더는 참지 못하고 그것을 내동댕이치듯 책상 위에 던지더니 큰 소리로 꾸짖었다.

"호신용? 호신용 좋아하네! 인마, 이건 너클이잖아! 대체 이걸로 뭐 할 작정이야?"

이 '너클'이라는 명사 역시 교사의 앞뒤 말과 제대로 연결되지 못하고, 거미줄에 걸린 벌레처럼 허공에 매달렸다. '너클'이 뭐지? 모두 조금 전 교사가 한 말을 머릿속에서 반추했다. 분명히 그렇게 들렸는데, '너클'이라면 그 '너클'인가? 여기저기서 옆자리 학생과 확인하는 소리가 들렸다. 이윽고 반강제로 사태가 파악되자 이번에는 여기저기에서 실소가 터져나왔다. 특히 예의 '불량소년'들은 발을 굴러가며 배를 움켜잡고 웃어댔다.

"시끄러워!"

고함을 지른 교사가 공격의 칼날을 순식간에 돌려 '가타하라 미쓰루'의 머리를 있는 힘껏 주먹으로 내리쳤다. 그 엄청난 소리에 한순간 모두가 눈을 휘둥그레 떴고, 또다시 참지 못하고 웃음을 터뜨렸다. "너 대체 무슨 생각이냐? 나중에 교무실로 와!"라며 책상 위의 '너클'을 집어들어 주머니에 넣었다. 무게 때문에 운동복 바지 한쪽이 축 늘어졌다. "……네"라고만 대답한 '가타하라 미쓰루'는 고개를 숙인 채 이를 갈듯 입을 곧게 다물었고,

이따금 잘 알아들을 수 없는 혼잣말을 중얼거렸다.

이 일은 순식간에 학년 전체에 퍼졌고, 그저 눈에 잘 띄지 않는 음울한 학생이었던 '가타하라 미쓰루'는 단숨에 왠지 기분 나쁜 '위험한' 놈이라는 소문이 도는 존재가 되었다.

'가타하라 미쓰루'가 소지하고 있었던 것은 분명 당시 만화잡지 같은 데에 곧잘 '메리켄색'이니 '너클'이니 하는 이름으로 광고가 실리던 싸움용 무기였다. 낚시용품점에서 산 연판鉛板을 몇 장 겹쳐서 하얀 수건으로 동여맨 허술한 수제품이라 실제로 얼마나 쓸 만한 것인지는 알 수 없었지만, 그가 무슨 생각으로 그런 것을 만들려 했는지는 수수께끼로 남았다. 그에게는 그런 걸 물어보는 친구도 없었고, 있었다 하더라도 그가 설명을 거부했을 것이다.

시간이 꽤 흘러 이미 사회인이 된 이들 열 명가량이 조촐한 동창회를 열었을 때, 때마침 세간을 떠들썩하게 했던 동창생 살인 미수 사건이 화제에 올랐다. 중학교 시절 집단 괴롭힘을 당했던 남자가 복수를 위해 동창회를 기획하고는, 거기 모인 사람들에게 독이 든 술을 먹이려 했던 사건이다. 이 계획은 그의 어머니가 관련 내용이 적힌 일기를 방에서 발견하고 사전에 신고를 한 덕분에 미수로 그쳤다. '가타하라 미쓰루'의 동창생들은 쌓인 얘기를 나누고, 술을 마시고, 설마 이 안에 독이 들어 있지는 않겠지 하는 태평한 농담을 주고받았다. 그런데 그중 하나가 혹시 우리 반에서 누군가 그런 짓을 한다면 누구일 것 같으냐는 얘기를 꺼냈을 때, 그 무렵에는 딱히 괴롭힘을 당했던 것도 아닌데 모두 일제히 '가타하라 미쓰루'의 이름을 꼽았다. 그리고 곧이어 당시 생겼던 '너클'이라는 별명을 서로 확인했다. 그 녀석은 지금도 '너클'을 가지고 다닐까, 라며 다함께 웃었다. 대체 무슨 영문이었을까 하고 고개를 갸웃거렸지만, 그에 관해 대답다운 대답을 할 수 있는 사람은 아무도 없었다.

이 일화에 한 가지 덧붙여야 할 점은, 학교의 연락을 받은 후 격앙해서 자신을 심하게 때린 아버지를 '가타하라 미쓰루'가 그 뒤로 지금까지 집요하게 증오해왔다는 것이다. 사족이지만 당시부터 '가타하라 미쓰루'는 아버지와 나란히 걸어가면 남들이 무심코 웃음을 터뜨릴 정도로 그를 꼭 빼닮았었다.

7
'가타하라 미쓰루' II — 여성관

'가타하라 미쓰루'는 그제껏 한 번도 이성과 연애관계를 맺어본 적이 없었다. 동정은 스물세 살 때 뗐지만 상대는 전화방에서 알게 된 마흔세 살의 주부였다. 그후 그의 성적 욕구는 자위를 제외하면 오로지 성매매업소나 전화방에서 알게 된 여자에게 발산되었고, 후자의 무대는 머지않아 컴퓨터나 휴대전화의 '만남 사이트'로 옮겨갔다.

사건 후 '가타하라 미쓰루'의 '우스꽝스러운 성벽'은 그와 관계를 가졌던 몇몇 여자들의 증언과 함께 여러 주간지에 기사화되었고, 웹상의 게시판에 역시 진위는 차치하더라도 그럴듯한 정보들이 숱하게 돌아다녔으니 접한 사람이 많을 것이다.

'가타하라 미쓰루'를 아는 사람은 하나같이 입을 모아 그가 유별나게 자존심이 강했다고 말했는데, 그것은 성행위 때 극히 단순한 나이브함과 표리를 이루었다. 이것은 이를테면 닭과 달걀의 관계와 같아서 어느 쪽이 먼저고 어느 쪽이 나중인지 알 수 없었다.

그와의 관계를 증언한 여자들은 모두 '가타하라 미쓰루'의 성기가 "표준보다 약간 작은 편"이며, 그중 한 사람은 "들어갔나 싶더니 벌써 끝났더라(웃음)"며 극단적인 '조루'였음을 표현했다. 예의 DVD를 보면 증언이 약간 과장되었음을 알 수 있지만, 쉽게 상상할 수 있듯이 이런 얘기들은 특히 인터넷상에서 호기심을 모아서, 전자의 '표준'이라는 말을 놓고 그것이 어느 정도인가를 논하는 코너까지 따로 개설되었다.

'가타하라 미쓰루'가 꾸준히 다녔던 시가 현의 유명한 환락가에 있는 성매매업소의 남자 직원은, 가게 여자가 이를 농담 삼아 놀렸다가 그에게 머리채를 잡히고 호되게 얻어맞았었다는 일화를 밝혔다. 기사에는 그가 그후 가게 출입금지 블랙리스트에 올랐다는 얘기에 이어서 "뭐, 물론 그런 짓을 하고 그냥 넘어갔을 리 없죠. 나머지는 상상에 맡기겠습니다(웃음)"라는 코멘트가 달려 있다.

대부분의 기사는 이와 관련해서 그가 항상 바이브레이터를 몇 종류씩 지니고 있었다는 점을 덧붙였다. 또한 전화방이나 '만남 사이트'에서 알게 된 여자들이 한결같이 증언한 바, 그는 상대가 사전에 샤워를 하는 것을 절대 허락하지 않았다. 물론 자기도 씻지 않았다. 그는 여자에게 불결한 자기 성기를 빨게 하는 것에 늘 흥분했지만, 한편으로 하루 종일 몇 번이나 소변을 본 여성의 성기에 코를 문지르며 냄새를 맡고 소리 내어 핥는 행위도 즐겼다. 그는 그것이 여자에게 치욕을 준다고 믿었다. 무엇보다도 상대가 강한 저항을 보이는 것이 그런 억지 논리를 뒷받침했다. 그리고 준비해간 바이브레이터로 질이나 클리토리스를 집요하게 자극하고, 여자가 몇 번씩 절정에 이르러서 그의 요구대로 "이제 제발 그만해"라며 애원할 때까지 결코 손을 멈추지 않았다. 그렇게 상대에게서 **그를 비웃을 만한 것**을 모조리 걷어내고 치욕투성이로 만들지 않으면, 그는 행위에 이를 수가 없었다.

'가타하라 미쓰루'는 이런 것에 결코 시간과 노력을 아끼지 않았다. 열등감이 발동해 성행위 자체를 멀리하는 일도 없었다. 여자의 몸에 대한 그의 집착에는 어딘가 복수와도 닮은 끈질김이 있었다. 그는 행위중에 끊임없이 모욕적인, 그러나 몇 가지 되지 않는 간단한 음란한 말들을 중얼거렸고, 상대에게 그것을 따라 하게 했다. 몇 번인가 여자에게 배뇨를 강요하고 요도 입구에 말미잘처럼 입술을 갖다대고서 오줌을 받아마신 적이 있는가 하면, 반대로 여자에게 자기 성기를 물리고 선 채로 오줌을 싸서 그것을 마시게 한 적도 있었다.

사건 후 *그*가 자주 이용했던 비디오대여점의 점원이 그가 빌려간 비디오테이프 및 DVD의 목록을 주간지에 제공했는데, 아주 간혹 당시 히트한 할리우드 영화가 섞여 있는 것 외에는 이른바 AV(어덜트 비디오)뿐이었고, 게다가 그 취향도 뚜렷했다. 그가 좋아한 것 중 하나는 러브호텔에 카메라를 설치해 일반인의 성교 현장을 몰래 촬영한 비디오로, 그는 그 대여점의 '훔쳐보기/도촬' 선반에 꽂힌 영상을 한 편도 남김없이 모두 대여했다. 다른 하나는 정액으로 여자의 몸을 더럽히는 행위를 주제로 한 것인데, 이 또한 신작이 나올 때마다 꼬박꼬박 빌려갔기 때문에 몇몇 점원들 사이에서 화제가 되기도 했다.

'가타하라 미쓰루'는 성교 마지막에 이르면 반드시 상대의 얼굴에 사정하고 싶어했다. 여자가 거절하면 질 안에 사정하겠다고 협박해서 억지로 동의를 얻어내기도 했다. AV를 빌려와서도 으레 반복해서 보는 것은 그런 장면이었다. 그리고 자위 마지막에는 잡지에 실린 여배우나 아이돌 가수, 여자 아나운서의 얼굴을 향해 사정하고, 힘없이 늘어져 맥박 치는 성기로 집요하게 정액을 덕지덕지 처바른 뒤에, 마지막에는 부러 그러듯 그것을 난폭하게 구겨서 쓰레기통에 버렸다.

'얼굴을 더럽히다' '얼굴에 먹칠을 하다' 등의 말로 모욕적 상황을 나타내는 표현은 옛날부터 존재해왔다. 거기에 성적인 의미가 가미된다면 먹칠이란 즉 정액으로 더럽히는 행위가 되는 셈일까? 어쩌면 그것은 일종의 '영역 표시'인지도 모른다.

'가타하라 미쓰루'에게 여자의 얼굴은 온갖 거짓의 상징이었다. 사실은 누구나 암캐처럼 탐욕스러운 욕망의 노예이면서, 짐짓 시치미 뗀 얼굴로 그것을 은폐한다. 그런 낯짝이 나를 업신여기고 거부하는 것이다!─그는 그렇게 믿고 있었다.

그는 자기가 사회에서 결코 환영받지 못하는 인간임을 알고 있었다. 그리고 예나 지금이나 그 이유는 알지 못했다. 전혀 기억나지 않는 시절부터 사회에서 일방적으로 냉담한 대우를 받아왔다. 그렇게 느꼈다. 나중에 변조된 부분도 많지만, 아직 어린 아이였을 무렵부터 그는 남의 호의를 받아본 기억이 전혀 없었다. 그래서다! 나는 지금 이 시골 구석의 하찮은 관공서에서, 매일같이 구역질이 날 정도로 하찮은 무리와 죽고 싶을 정도로 하찮은 일을 하고 있다. 그것은 내 탓이 아니다. 위선자투성이인 이 사회 탓이다! 여자라는 하등한 생물은 왜곡된 이 세상 구조를 바보처럼 굳게 믿고, 나를 그저 별볼일 없는 인간이라 간주하고, 철저하게 무시하고, 반대로 그따위 세상을 약삭빠르게 헤쳐나가는 뱃속 시커먼 무리에게는 살랑살랑 엉덩이를 흔들어대며 달라붙는 것이다! 자기의 음란한 본성을 감쪽같이 감추고!

'가타하라 미쓰루'의 여성관은, '여자는 남자의 변기다'라는 식의 과격한 문구를 인용하기 좋아하는 페미니스트들이 남자 일 반의 여성관이라 상상하는 것과 그리 큰 차이가 없었다. 그가 여 자에게 사랑받지 못했다는 것은 앞에서도 말했지만, 그에 앞서 친구로도 지속적인 관계를 이어나가지 못했으므로, 그가 옷을 걸 친 여자에게서 아무런 진실도 찾아낼 수 없었다는 것은 고개가 끄 덕여지는 이야기다. 여자들은 그에게 결코 고백이라 할 수 있을 만큼 무게 있는 얘기를 하지 않았고, 직장 술자리에서조차 면면 을 비롯해 화장에서도 참가자의 성의가 느껴지지 않는 그녀들은 무성의한 상냥함으로 가장한 형식적인 잡담을 늘어놓을 뿐이었 다. 때문에 그가 유일하게 여자에게 받아들여졌다고 느끼는 것은 오로지 쾌락을 매개로 한 관계를 맺을 때뿐이었다.

그가 여자에게 품은 상념의 대부분이 AV 대본 수준의 어휘였 다는 사실은 경험으로도 뒷받침된다. 그는 그 이상 복잡하고 함 축적인 말을 처음부터 필요로 하지 않았다.

스물세 살 때 전화방에서 알게 된 여자를 처음으로 안았을 때, 옷을 벗어던지고 알몸이 된 여자가 짐승처럼 헐떡이며 서서히 사지를 뻗은 50킬로그램가량의 살덩어리로 변모해가는 모습을 바라보면서, 그는 예전에 자위할 때마다 망상해온 여자의 본성이 드디어 눈앞에 출현했다는 감동을 맛보았다. 이 여자는 지금 거짓을 벗어던지고 알몸이 되었다. 대관절 누가 이런 상황에서 스스로를 꾸며낼 수 있겠는가? 그 몸짓에는 의지가 상상할 수 있는 온갖 몸의 기억을 잇달아 찢어버리고 바깥으로 뿜어내 가로채가는 과잉이 있었다. 무시간無時間의 공간에 뿔뿔이 내던져진 방탕한 사지를 억지로 잇대어 시간 속에서 연속하게 만든 것처럼, 육체는 한곳에 머무르지 않고 시시각각 변모했고, 여자는 조잡하게 접합된 그 육체의 외양에 괴로워하는 듯 보였다. 그는 그 모습을 우스꽝스럽고 추하다고 느꼈다. 여자는 모두 이것을 숨기고 있다. 옷을 입고, 화장을 하고, 시치미 뗀 얼굴로 거리를 걸어다니지만, 그 내면에서는 언제나 이것이 꿈틀대는 것이다! 그래서 여자들은 남자가 밤의 이야기를 꺼내면 펄쩍 뛰며 얼굴을 찡그린다! 이것을 들키고 싶지 않으니까! 여자들이 사실은 천하고 음란한 주제에 왜 성욕 처리를 위해 한 남자와만 섹스를 하고 싶어하는지 난 다 알아! 이것 때문이다! 단지 이것 때문이다! 온갖 겉치레로 연애를 미화하고 그것이 성욕과 아무 관계 없이 시작되는 양 꾸미는 것도, 이것에 지배된 **정체**를, **본래 모습**을 간파당하기 싫기 때문이다! 그래서 결코 질투 때문에 남에게 **그것**을 까발릴 것 같지 않은 남자 앞에서만 암퇘지처럼 끙끙거리며 엉덩이를 흔들어대는 것이다!……

'가타하라 미쓰루'는 일상생활을 하는 여자와 성교에 임할 때의 여자 양쪽 다 진실이라는 지극히 온당한 생각에 절대 이르지 못했다. 일상의 여자들에게서는 거절당하고 단지 성교를 통해서만 자기가 받아들여질 수 있다는 희망을 품고 있었던 그에게 이런 결론은 당연한 것이었다. 더구나 그는 성교를 통해 맺은 관계가 인간적인 신뢰나 우정이나 존경처럼 세간에서 존중받는 온갖 추상적인 관계의 모습보다 훨씬 솔직하고 생생하며 심오한 것임을 실제 체험으로 확인했다. 과연 누가 일상생활 속에서 그렇게 강하게, 무아지경으로 한 인간을 끌어안을 수 있겠는가?

'가타하라 미쓰루'가 전화방이나 '만남 사이트'에서 만난 여자들 대부분은 평소 지극히 성실한 사회생활을 하고 있었다. 꽃집 점원이 있는가 하면 현청 직원도 있었다. 직장여성이 있는가 하면 대학생도 있었다. '요시다 기미코'로 말하자면 무려 중학교 교사다. 그는 그런 여자들에게도 당연히 남자 친구가 있고, 지인이 있고, 남자 상사가 있다는 것을 알고 있었다. 개중에는 신뢰받고, 존경받고, 일생을 좌우할 만한 상담을 청할 수 있는 남자도 있을 것이다. 그러나 여자들은 그 남자에게 안겨 애무를 받는 상상을 하면 태도를 싹 바꿔 소름이 돋을 정도로 오싹해하고, 나처럼 세간에서 쓰레기처럼 철저하게 멸시당하는 남자를 위해서는 기꺼이 엉덩이 구멍까지 핥아주는 것이다! 무릇 남자란 제아무리 위엄 있는 낯짝을 갖고 있어도 생각하는 건 다 똑같다. 기회만 되면 눈앞의 여자와 한번 하고 싶다고 생각할 게 뻔하다. 그런데 세간의 훌륭하신 작자들은 신뢰니 존경이니 하는 실체 없는 거품 같은 것들을 산더미처럼 손에 넣고도 눈앞의 여자 몸에는 끝내 손 한번 못 대본다! 그 뒤에서는 나 같은 사람이 그녀들과 맘껏 서로의 몸을 어루만지고, 혀로 핥고, 점액에 흠뻑 젖은 성기를 비벼대고 있건만! 과연 어느 쪽이 진정으로 이득인 걸까? 어느 쪽이 진정으로 여자를 아는 걸까? 어느 쪽이 **진정한 인간관계**일까?

'가타하라 미쓰루'는 결코 책을 많이 읽는 편이 아니었지만 때로는 허영심에 책으로 손을 뻗었고, 또한 오히려 단순한 반발심에서 종교나 철학처럼 세상의 도리를 설명하는 책—이라고 그는 생각했다—이나 위인의 생애 등에 관심을 갖기도 했다. 언젠가 그는 '젊은이의 성도덕'에 관해 토론하는 텔레비전 프로그램에서, 금욕의 중요성을 설파하는 신부가 도깨비처럼 짙은 화장을 한 여고생에게 완전히 바보 취급 당하는 꼴을 보고 낄낄대며 웃은 적이 있었다. 그의 생각은 이랬다. 종교인은 왜 여자에게 정숙을 요구할까? 당연한 일이다. 만약 여자의 **음란한 본성**을 자유로이 놔두면, 최고의 성인이 못생기고 다리가 짧고 체취가 강하다는 이유로 발길질당하고, 구제할 길 없는 악당이 얼굴이 잘생기고 목소리가 매력적이고 게다가 섹스를 잘한다는 이유만으로 여자들의 지지를 얻게 되기 때문이다. 그런다면 어떤 남자든 계율 따위 지킬 이유가 없겠지!

'가타하라 미쓰루'에게 옷을 입은 여자란 이른바 거짓말하는 알몸이었다. 보통 옷을 입음으로써 타자로부터 나체를 지킨다고 생각하기 쉬운데, 옷은 오히려 타자가 사는 일상이라는 세계를 나체로부터 지켜주는 것이다. '가타하라 미쓰루'는 옷을 입은 여자가 거짓이라고 믿었고, 그것이야말로 자기를 거절하는 세계의 상징이라고 믿어 의심치 않았다. 거리를 걷는 여자들을 바라보면서 그는 늘 최대한 천박한 말로 그녀들을 **밤의 모습**─즉 **진정한 모습**에 관한 망상과 얽어매며 집요하게 농락했다. 애인과 팔짱을 끼고 걸어가는 여자의 입술을 보면 그것이 지난밤 무릎을 꿇고 상대의 성기 위를 이리저리 더듬거렸을 모습을 상상했다. 밑위가 짧은 청바지를 입은 여자가 티셔츠와 벨트 사이로 보드라운 지방에 짓눌린 배꼽을 드러낸 모습을 발견하면, 그것을 흔하디흔한 망상처럼 저 멀리 성기나 유방으로 이어지는 한 자락으로 보는 게 아니라, 성교 마지막에 남자의 정액을 흘려넣는 쓰레기장으로 바라보았다.

그는 당연히 연예계 가십에 강한 집착을 보였다. 그에게는 연애 자체가 미사여구로 번지르르하게 꾸며낸 성욕 처리에 불과했기 때문에 추문이든 '열애 발각'이든 별반 다르지 않았다. 아이돌이니 아나운서니 한들 한 꺼풀만 벗기면 주변에 넘쳐나는 '원조교제 여학생'과 전혀 다를 바 없는, 머릿속이 텅 빈 음란한 암퇘지 아닌가. 그런 주제에 퍽이나 특별한 인간이라도 되는 양 우쭐거리며 텔레비전과 잡지에서 간들거리는 꼴이라니! 그것들도 내가 거기를 조금만 핥아주면, 순식간에 음탕한 물을 흘리며 엉덩이를 흔들어댈 게 뻔하다!

'가타하라 미쓰루'는 성욕의 평등을 돌처럼 굳게 믿었다. 제아무리 미인이라도, 제아무리 사회적 지위가 높아도, 제아무리 돈이 많아도, 눈앞에 남자의 성기를 흔들어대면 너 나 할 것 없이 발정 난 하등동물의 본성을 드러낸다는 게 그의 확신이었다. 그 점에서는 모든 여자가 완전히 몰개성적이었으며, 누구 하나 그를 업신여길 자격을 가지지 못했다. 치욕의 소용돌이에서 쾌락을 미끼로 여자를 길들이고 그 육체를 희롱하면서, 그는 여자가 **자발적으로** 그 **진정한 모습**으로 돌아가는 과정에 가장 큰 흥분을 느꼈다.

"봐, 거기서 이렇게 야한 물이 나오네. 어? 이것 봐, 철떡철떡 음탕한 소리까지 내고, 이런 음란한 여자를 봤나."

그렇게 바이브레이터로 여자의 성기를 자극하면서 그는 어김없이 "'자지 주세요'라고 말해봐, 얼른. '당신 고추를 내 야한 보지에 넣어줘요'라고 말해. 안 하면 기분 좋게 안 해준다. 자, 빨리, ……응?……" 하는 식으로 AV의 남자배우를 흉내 내고, 여자에게 따라 하라고 요구했다. 그리고 응하지 않으면 절정에 이르기 직전에 바이브레이터 전원을 끄고, 안타까움에 몸을 비트는 여자에게 또다시 똑같은 요구를 했다. 그리고 다른 모든 여자들에게 했던 것과 마찬가지로 '요시다 기미코'에게도 녹화된 비디오테이프를 재생하듯 이런 행위를 되풀이했다.

8

'만남'

한 소년이 흉악한 사건을 일으키면 그가 다니던 학교의 책임자는 대부분 평소 그가 '지극히 평범한 학생'이었다는 성명을 발표하는데, 이는 일종의 책임회피 수단이다. 무심코 원래부터 요주의 학생이었다는 말을 해버리면 그 즉시 사건을 예방하지 못한 책임을 추궁당한다. **진정한 모습**을 몰랐다. 그렇게 말해두는 게 제일이다.

그런데 어른이 일으킨 사건도 사실 이와 별반 다르지 않다. 사건 직후의 취재에서 범인의 주위 사람들 대부분은 그를 '평범한 사람'이라고 평가하는데, 이는 무의식적인 사회적 책임회피다. 그와 같은 인간의 손을 붙들고, 공동체에서 탈락하지 않도록 적극적으로 힘을 빌려준다. 그런 이상적인 사회 구성원에는 그들과 같은 범인이 존재하지 않았다는 뜻이다. 하지만 다시 뒤집어 보자면, 이런 에두른 표현은 뒤에서 무슨 짓을 하든 평범함을 가장할 수 있을 정도로 평범했다면, 결국 그는 평범한 것이라는 인식의 표명으로 해석할 수도 있다.

다른 많은 경우와 마찬가지로 처음에는 지극히 '평범한 사람'으로 통하던 '가타하라 미쓰루'의 이러한 인물상은 머지않아 주간지를 중심으로 백일하에 드러나게 되었는데, 익명을 약속받은 증언자들은 대부분 현재 그와 아무런 연관이 없는 옛 지인들이었다.

사건과 '가타하라 미쓰루'는 그렇게 하나로 이어졌고, 사람들은 그런 인간이라면 과연 이런 짓을 저지를 수 있었겠다며 차츰 혼돈을 가라앉혔지만, 한편 점점 더 이상하게 여겨진 것은 '요시다 기미코'가 왜 하필 그런 남자와 팔 개월 동안이나 관계를 맺었느냐는 점이었다. 교사라는 특수성을 감안해 실명 보도를 한 여러 주간지는 당연히 '요시다 기미코'의 사람 됨됨이에 관해서도 다루었지만, 그녀야말로 아무리 파헤쳐봐도 지극히 '평범한 사람'이었다. 다만 이것은 어디까지나 '미키'가 존재하지 않을 경우의 얘기다.

'요시다 기미코'가 '만남 사이트'를 이용하기 시작한 것은 사건 십 개월 전쯤이다. 근무하던 학교의 학생들이 그런 사이트를 이용해 문제가 된 것이 계기였다. 여름방학이 끝나고 전교생을 대상으로 실시한 익명 앙케트에서, 40퍼센트가량의 학생이 이유 여하를 막론하고 그곳에 '들어가본 적 있다'고 답변했고, 소수이긴 하지만 연락을 주고받은 상대와 '만난 적이 있다'고 답한 학생도 있었다. 더 나아가 '그 상대와 원조교제(돈을 받고 성행위 혹은 그와 유사한 행위를 하는 것)를 한 적이 있다'는 질문에도 '네'라는 대답이 여럿 있었는데, 이에 대해서는 나중에 몇몇 학부모들이 질문이 너무 직접적이라는 불만을 표하기도 했다.

'요시다 기미코'는 학생지도를 담당하지는 않았지만 부담임을 맡은 반에서도 열 명이 넘는 학생이 사이트에 들어가보았다고 답했기 때문에, 확인차 앙케트에 거론된 사이트를 검색해서 '회원등록'을 하고, 실제로 어떤 내용들이 오가는지 살펴본 적이 있었다. 물론 글을 올리지는 않았다. 그냥 대충 훑어보았을 뿐이다. 호기심은 있었으나 별로 강하게 자각하지 못했고, 당연히 업무상의 일이라고 생각했다.

이때 이미 '요시다 기미코'는 사 년 넘게 애인이 없었다. 서른이 넘었기에 "결혼 계획은?" 하는 질문을 받을 때도 많았지만 늘 애매하게 웃으며 얼버무리기만 했다. 연고가 없는 지방도시에 사는데다 직장 동료 말고는 친구가 거의 없었기 때문에 주말이면 항상 시간이 남아서, 이따금 지도를 맡았던 다도부 부원들을 모아 교정에서 다회 비슷한 '피크닉'을 하는 것 외에는 대개 비와 호수까지 혼자 드라이브를 가거나 쇼핑을 하거나 방에서 만화책이나 잡지를 읽었고, 때때로 도쿄나 사이타마에 있는 친구에게 전화를 걸고, 말로 잘 전달하지 못한 부분은 나중에 메일이나 편지로 써 보내기도 했다.

표준적인 현대인답게 '요시다 기미코'의 하루 시간은 어린아이였을 무렵부터 정확하게 이등분되어 있었다. 대학을 졸업할 때까지는 학교에서 공부하는 시간과 그 밖의 시간으로 나뉘었다. 이 둘은 서로 뒤섞이지 않고, 비중이 서로 다른 두 액체처럼 생활 속에서 늘 또렷한 층을 이루었다. 그것은 물론 그녀를 일생 동안 분단할, 일과 여가라는 두 가지 시간을 위한 일종의 훈련이었다.

어른이 된 '요시다 기미코'는 예전에 공부했던 것처럼 낮 동안 일을 하고, 일을 마친 뒤에는 방과 후 그랬던 것처럼 여가시간을 보냈지만, 지금이 예전과 완전히 같지 않다는 것은 감지하고 있었다. 학교에서 공부하던 시절 그녀는 오로지 미래의 자기 자신에게 봉사하고, 배우고 생각한 것을 몇 년 후의 생활에 공급했었다. 그리고 방과 후는 그녀에게 잠깐 동안의 현재를 부여하고, 양자는 번갈아가며 그녀를 흘러가는 시간과 함께 달리게 하며 앞으로 밀어주었다. 그런데 이제는 다르다. 그녀는 직장인 학교에서 그저 그날 그때를 위해서만 살아갔다. 그리고 집에 돌아온 후에 하는 일도 다음 날의 '그날 그때'를 위한 준비에 불과했다.

그런 나날들 속에서 그녀는 자신이 왠지 정체되어 있다는 느낌에 사로잡혔다. 몇 년 뒤의 미래를 대비해 할 만한 일이 아무것도 없다. 빵 공장의 컨베이어벨트처럼 잇달아 눈앞에 들이닥치는 하루하루를 그때그때 개별적으로 처리해나갈 뿐이다. 예전에는 지금 이 순간 말고 또다른 미래의 자기 모습을 막연하게나마 그릴 수 있었다. 그렇기 때문에 현재의 자기를 일시적인 자기라고 믿고 받아들일 수 있었다. 그러나 이제는 다르다. 낮 시간의 그녀는 일개 지방 중학교 선생님으로 완전히 고정되어버렸다. 그리고 여가시간에는 오히려 옛 추억이 번식해나갔다. 그녀는 스스로를 사회의 내부에 두는 데서 오는 위화감을 버거워하기 시작했다. 그것을 미래로 떠넘길 수 없다면 지금 현재 해결해야 한다. 일에서 도망칠 수 없다면 남은 것은 여가뿐이다. 하다못해 그 시간만이라도 다르게 지내고 싶다는 생각이 들었다. 그녀는 별 깊은 생각 없이 편리할 것 같다는 이유만으로, 전화회사의 권유에 따라 초고속 인터넷 정액요금제에 가입했다. 이후 그녀는 집에서 보내는 시간의 대부분을 인터넷 서핑에 소비하게 되었다.

언젠가 둘이서 일을 끝내고 비디오카메라와 바이브레이터가 널브러진 호텔 침대에 드러누워 있을 때, 국립대학 교수가 전

철에서 치한행위를 저질러 체포되었다는 뉴스를 보고 '가타하라 미쓰루'가 텔레비전을 향해 이런 말을 했던 것을 '요시다 기미코'는 기억하고 있다. 모자이크 처리로 얼굴을 가린 남학생 하나가 "그렇게 성실한 선생님이 그런 짓을 하다니 믿기지 않습니다"라고 얘기한 참이었다.

"바보냐? 늘 성실한 척하고 살아야 하니까 치한 짓이라도 해야 견디는 거지."

'요시다 기미코'는 이 말을 듣고 혹시 이 사람도 치한 짓을 할까 하는 엉뚱한 의혹을 품었을 뿐이지만, 이 짧은 평언評言이 깊은 인상을 남긴 것은 결국 그녀의 평소 생활도 그리 다르지 않았기 때문이다.

매일 직장에서 집으로 돌아와 홀로 저녁을 지어 먹는다. 아로마 향초에 불을 밝히고 한 시간가량 느긋하게 목욕을 한 뒤 다음 날 수업 준비를 하고 나면, 그다음은 잠자리에 들 때까지 컴퓨터 앞에 앉아 있는 게 전부다. 컴퓨터를 켜자마자 메일을 체크한다. 새 메일이 있으면 답장을 쓰고, 없으면 먼저 보낸다. '즐겨찾기'에 저장해둔 사이트를 한 차례 둘러본다. 그러고도 시간이 남을 때에는 평소 궁금하던 것들을 떠올려 하나하나 검색창에 쳐보았다.

휴일에는 곧잘 아는 이들의 이름을 생각나는 대로 검색해보았다. 뜻밖의 장소에서 뜻밖의 이름을 발견할 것 같은 예감이 들었다. 일이 초쯤 지나면 검색 결과가 뜬다. 그녀의 눈은 바닷물에 휩쓸리듯 공허하게 그 문자의 파도 위를 떠다녔다.

초등학교, 중학교 때 좋아했던 남자애 이름을 검색해본 적도 몇 번 있었다. 그러나 이렇다 할 결과는 나오지 않았다. 늘 '예쁘다'는 평판이 자자했던 같은 반 여자애의 이름도 마찬가지였다. 검색된 것은 동성동명의 다른 사람들뿐이다. 지금쯤 뭘 하고 있을까? 굉장히 예뻐졌을 텐데. 평범하게 결혼했을까? 그래서 성이 바뀌어서 안 나오는 걸까? 어디선가 소문이 돌고 있을지도 모른다. 그런 생각에 성을 빼고 이름과 출신 학교명으로 다시 검색해보기도 했지만, 이번에는 '요청하신 페이지를 찾을 수 없습니다'라는 무정한 문구가 뜰 뿐이었다.

그 무렵 교실 한가운데에서 모든 이의 인기를 끌었던 학생들이, 아무리 사사로운 정보도 빠뜨리지 않고 모조리 집적해놓은 듯한 인터넷 세계에서는 하나같이 실마리도 남기지 않고 완전히 이름을 잃었다는 사실이 '요시다 기미코'에게는 불가사의하게 다가왔다. 졸업 문집에는 결코 사소하지 않은 여러 가지 '장래희망'이 적혀 있었다. 그것을 실현한 사람이 한 명도 없는 걸까?

기억 속의 이름이 바닥나면 마지막에는 늘 자기 이름을 검색해보았다. 딱히 특이한 이름이 아니라서 으레 동명이인 몇 명이 불려나왔다. 전국 고등학생 육상대회의 가나가와 현 예선에서 2위를 차지한 마라톤 선수. 오카야마 사립대학 대학원에서 '종합학술연구과' 박사과정을 밟고 있는 학생. 어느 시립병원의 외래 간호조무사. 온천 여관의 안주인. 세무사. 전국 자석협회 아카시 지부장. IT코디네이터 자격증 보유자. ······몇 번씩 되풀이하는 사이 그들의 직업을 모두 외워버렸다. 그녀 본인도 근무하는 중학교 홈페이지에 '사회과 교사'로 이름과 간단한 프로필이 실려 있었지만, 물론 그것뿐이었다.

이들 중 몇 명은 마찬가지로 자신의 이름을 검색해보고 화면에서 중학교 교사 '요시다 기미코'를 발견할지도 모른다. 이미 아주 오랫동안 그와 그 주위 사람들에게 '요시다 기미코'는 자기가 아니라 그 사람이었던 셈이다. 사람들이 '요시다 기미코'라는 이름을 접하고 떠올리는 얼굴은 전국에 이렇게나 많다. 아니, 이보다 몇 배는 더 많다. 그 얼굴들은 모두 미지의 영역에 있었기에, 그녀는 마치 자기와 똑같은 모습을 한 분신 '요시다 기미코'가 타인으로 각지에서 각자의 생활을 영위하는 느낌이 들었다. 구름이 조각조각 흩어지듯이, 그런 공상이 무료한 생각의 끄트머리에서 서서히 떨어져나와 뇌리를 스치고 지나갔다.

초등학생 무렵, 당시 매스컴을 떠들썩하게 한 유명한 유아유괴 살해범과 동성동명인 반 친구가 있었다. 남자애들이 그 아이에게 '살인귀'라는 별명을 붙였고, 그 때문에 학급회의가 두 번이나 열렸다. 혹시 이들 중 누구 하나가 사람을 죽인다면 나도 똑같이 지금 일하는 학교 학생들에게서 야유를 받게 될까? 이미 여러 해 동안 못 만난 초등학교나 중학교 동창생들은 순간적으로 범인을 그 '요시다 기미코'로 생각할까? 그것이 소문을 불러오고, 언젠가 나는 평생 사람들의 그런 오해를 받으며 살게 되는 건 아닐까?……

그러한 시간의 디딤대에는 쉽게 허물어지는 장소가 많았다. '요시다 기미코'는 그런 곳에 무심코 발을 디뎌 휘청거리며, 학생지도에 필요하다는 생각에 '즐겨찾기' 목록에 추가해둔 '만남 사이트'에 차츰 흥미를 느꼈다.

그녀가 저항감 없이 그곳을 다시 방문할 수 있었던 것은 이미 한 차례 번거로운 회원등록을 마쳐뒀기 때문이었다. 시험 삼아 입력해본 회원 아이디와 패스워드가 여전히 살아 있었다.

'요시다 기미코'는 '순애 클럽'이라는 이름의 이 사이트에 '미키'라는 '닉네임'을 등록해두었다. 이것은 그녀가 난생처음 사용한 일종의 가명이었다. 본명과 무관한 이름을 지으려 했지만 결국 그리 멀리 벗어날 수 없었다. '기미코'라는 이름이 '미키'로 전도된 것은 고등학교 시절 빠져 있던 애너그램의 영향이었다.

회원등록을 할 때 기입한 프로필에는 다음과 같은 데이터가 남아 있었다.

이름/미키, 나이/30세, 지역/시가 현, 키/162센티미터, 몸무게/비밀, 가슴/중간 정도, 성감대/목덜미, 직업/기타, 섹스 취향/노멀, 체형/보통, 경험자 수/한 손으로 꼽을 정도, 코멘트/처음 뵙겠습니다. 근처에 사시는 분, 메일 기다릴게요!

이 표현들은 빈칸에 예시로 표시되는 여러 어휘 중에서 선택한 것으로, 그녀가 직접 구체적인 문구를 생각해 써넣은 것은 아니었다. '나이'나 '키'는 그녀 본인에게 해당되는 숫자다. '성감대'나 '섹스 취향'은 모든 문항을 채워넣지 않으면 다음 단계로 진행할 수 없는 시스템이라서 하는 수 없이 가장 무난해 보이는 것을 선택했다. '코멘트'도 예문으로 나와 있던 것을 그대로 적어넣었다.

나 몰라라 내버려둔 사이에 세 남자한테서 연락이 와 있었다. 그녀는 사이트에 한 번밖에 접속하지 않았지만, 메시지들은 모두 프로필을 올리고 나서 며칠 사이에 송신된 것이었다.

한 사람의 메시지는 다음과 같다.

"최근에 갓 이사 와서 매일 외롭게 지내고 있습니다. 진지한 교제를 희망합니다. 우선 가볍게 차 한잔 어떻습니까?"

나머지 둘은 단도직입으로 성적인 관계를 원하는 내용이었다.

"섹스 파트너가 되어주시겠습니까? 그 방면에는 자신 있습니다. 마흔 셋이지만 거기도 크고 단단합니다. 답장 기다리겠습니다!"

"아내와의 섹스는 도무지…… 쿨하게 서로 비밀을 지키기로 하고, 기분 좋은 시간 보내지 않을래요? 사는 곳과 만날 수 있는 장소를 알려주세요.(^ ^)"

전에 학생지도를 위해 사이트에 들어왔을 때도 남성 프로필란에서 이런 글들을 많이 보았지만, 직접 자기에게 온 것을 보니 인상이 또 달랐다. 그녀는 과연 어디까지가 그들의 본심일지 의심스러웠다. 첫번째 메일은 그렇다 치더라도 나머지 두 개는 어쩔 작정으로 보낸 걸까? 이렇게 노골적인 요구에 응하는 여자가 있기나 할까? 결국 이런 식으로 접근하지 않는 한 이성과 전혀 관계를 맺지 못하는 사람들이 여기로 모여든다는 뜻은 아닐까? 그게 아니면 여기에서는 이런 요청이 당연한 것일까?

자기의 다른 모든 속성이 사상捨象되고 단지 상대에게 일개 성욕의 대상으로만 비춰진다는 사실이 '요시다 기미코'를 동요시켰다. 그것은 그때까지 한 번도 경험해보지 못한 이성의 눈길이었다. 게다가 그것이 향한 곳은 그녀 본인이 아니다. 인터넷 세계에 자신의 대리로 내세운 '미키'라는 고유명사와, 그에 따른 몇몇 어휘들의 집합이다.

인터넷 세계로 굴러들어간 이 '미키'가 자기의 파편인지, 아니면 자기와는 전혀 무관하지만 비슷한 무엇인지 '요시다 기미코'는 알 수 없었다. 어쨌거나 자기 같은 다른 뭔가라고 느꼈던 것은 분명하다.

이 두 가지 유형의 제안 중 '요시다 기미코'의 마음이 끌렸던 것은 전자였지만, '미키'가 불러들인 것은 후자뿐이었다.

'요시다 기미코'는 '진지한 교제'를 원하던 남자에게 곧바로 답장을 보내지 못한 것이 마음에 걸렸다. 처음에는 조금 아쉬운 정도였는데, 하루가 가고 이틀이 지나자 점점 더 신경 쓰이기 시작했다. 그후로 그 남자에게서는 연락이 없었고, 모든 남성 회원의 프로필이 나와 있는 페이지에 들어가봐도 그의 이름은 보이지 않았다.

그는 내가 아닌 다른 누군가를 만난 것일까? 그리고 지금쯤 그 사람과 드라이브를 즐기고, 식사를 하고, 여러 가지 고민을 들어주고, 밤에는 둘이서 정답게 침대에 누워 뒹굴지도 모른다. 우연인지 아니면 그것이 어느 정도 영향을 미쳤는지는 확실치 않지만, 때마침 찾아온 생리 기간 동안 기묘하게도 그녀는 하복부의 고통을 그 알지도 못하는 남녀를 향한 질투와 거의 혼동하다시피 했다.

일을 마치고 돌아오면 그녀는 가장 먼저 컴퓨터 앞에 앉아 '미키' 앞으로 온 메시지가 없는지 확인했다. 프로필을 올려둔 남자에게 먼저 메시지를 보낼 수도 있었지만 그러지 않은 이유는 전적으로 자신이 없었기 때문이다. 자신의 요구에 상대가 응해주리라는 희망을 그녀는 가지고 있지 않았다. 그러나 요구를 받을 가능성은 이미 세 사람이 증명해주었다.

머지않아 '요시다 기미코'는 프로필을 올린 다른 여자들에 비해 '미키'의 매력이 상당히 떨어진다는 것을 알아차렸다. 애당초 단지 회원등록만 하려는 생각이었으니 당연한 일이었다. 이때까지도 그녀에게 '미키'란 자기 자신도 가상의 인물도 아닌 애매모호한 존재였지만, 어쨌든 그녀는 '미키'의 매력에 이끌린 남자들이 자기한테까지 도달하기를 기대했다. 그러기 위해서는 '미키'가 자기 자신과 완전히 같을 필요는 없다는 생각이 들었다. 어차피 인터넷 세계다. 아직 진심으로 그들을 만나보고 싶은 생각도 없었고, 다만 자기가 올린 프로필을 무시하지 않고 반응해주길 원했을 뿐이다.

그녀는 곧바로 다른 여자들 것을 참고해 '미키'의 프로필을 고쳐 썼다. '몸무게'는 '비밀'에서 실제보다 3킬로그램 가벼운 '49킬로그램'이라고 써넣었다. 또한 '가슴'은 '중간 정도'에서 '미유美乳'로, '체형'은 '보통'에서 '나이스 보디'로 변경했다. 그리고 '코멘트'는 직접 생각해내서 '한동안 남자친구가 없어서 외롭게 지내고 있어요. 함께 즐거운 시간을 보내실 분, 연락 기다리겠습니다. 근처에 사시는 분이면 좋겠어요!'라고 고쳐 썼다.

'요시다 기미코'는 그것을 쓰는 동안 줄곧 웃었다. '미유'니 '나이스 보디'니 하는 말들이 농담 같아서 우스웠다. '남자친구가 없어서 외롭게 지내고 있어요'라는 상투적인 말도 너무 뻔하다 싶어서, 마치 자기가 이런 곳에 글을 올리는 여자라는 역할을 연기하는 기분이었다.

한편으로는 오랫동안 억눌러왔던 속내를 처음으로 토로하는 기쁨도 있었다. 한때 콤플렉스였던 큰 가슴을 이제 은근히 자랑스럽게 여기게 되었다. 남자와 육체관계를 맺은 뒤로, 그녀는 그 단순한 두 개의 지방 주머니가 그들을 얼마나 매료시키는지를 발견했다. 몸이 예쁘다는 칭찬을 받으면 한없이 기뻤다. 그리고 그후로는 거리를 걷는 게 자랑스러웠다. 스쳐 지나는 타인의 시선을 느꼈다. 남자들뿐 아니라 오히려 여자들이 훨씬 더 민감하게 거리낌 없는 시선을 던졌다. 나는 다른 어떤 여자보다 큰 혜택을 받은 존재다. 예전에는 그 크기를 주체하지 못해 좀더 얌전하고, 좀더 눈에 띄지 않는 가슴을 동경했지만, 이제는 같이 온천이나 바다에 갔을 때 "난 완전 절벽이야!"라며 자조하는 친구 앞에서 조심스럽게 우월감을 느꼈다. 물론 대놓고 자랑할 수는 없었다. 일을 시작한 후로 알게 된 사람들은 얌전한 성격인 그녀를 배려해서 설령 술자리에서라도 가슴에 관해 언급하지 않았다. 애인이 있어 그 남자에게 칭찬을 받는다면 딱히 남에게 자랑할 필요도 없다. 그러나 그런 기회에서 너무 오랫동안 떨어져 있었기 때문에, 그녀는 때때로 욕실 거울 앞에서 유방을 어루만져보며 그 풍만함을 홀로 확인할 수밖에 없었다. 그럴 때 거울 속에서 꿈틀거리는 손은 왠지 타인의 것처럼 느껴졌다.

프로필을 변경한 효과는 곧바로 나타났다. 다음 날이 공휴일인 탓도 있었지만, 낮에 혼자 쇼핑을 한 후 동료 몇 명을 만나 저녁을 먹고 돌아와 컴퓨터를 켜자 '순애 클럽'의 '미키' 메일함에는 어느새 다섯 건의 메시지가 와 있었다.

'요시다 기미코'는 무심결에 화면 앞에서 눈을 휘둥그레 떴다. 머뭇거리는 손놀림으로 마우스를 움직여 메일함을 클릭하자 보낸 사람의 이름들이 떴다. 모두 다 지난번의 세 사람과 달랐다. 같은 남자가 중복해서 보낸 메일이 있어서 실제로는 네 사람이었지만, 놀라움은 변하지 않았다.

식사하며 술을 조금 마셔서인지 그녀는 이상하게 기분이 좋았다. 평소 남들 앞에서는 잘 드러내지 않는 쑥스러운 웃음 비슷한 표정을 지었다. 그리고 딸깍딸깍 마우스 소리를 내며 메일을 하나씩 확인했다.

네 명 중 두 사람은 명확하게 성적인 관계를 원했다. 나머지

두 사람 중 하나는 이른바 '교제'를 원했지만, 일부러 그런 건지 센스가 모자란 건지 '섹스 취향'에 '레이프'라고 써놓아서 그녀를 기겁하게 만들었다. 다른 한 사람 역시 '교제'를 원했지만, 그에 덧붙여서 머쓱한 투로 삼십오 년간 이성과 단 한 번도 사귄 적이 없다고 적어놓았다.

가벼운 실망과 웃음을 터뜨리고 싶은 기분이 애매하게 뒤섞였다. 역시 이런 곳에 제 발로 드나드는 사람들은 비정상이라고 생각했다. 그녀는 달랐다. 여기에 발을 들여놓은 것은 업무상의 의무 때문이다. 그리고 내친김에 반쯤 호기심으로 여기 모이는 남자들을 관찰할 뿐이다. 적어도 그런 식으로 자기 행동을 합리화했다.

그들에게서 존재를 완전히 무시당하는 동안 그녀는 사실 불안했다. 그들이 세상의 일반 남자들처럼 여겨졌고, '미키'를 통해 스스로가 모조리 간파당하는 것 같았다. 그랬던 것이 이 네 통의 메일로 변했다. 그녀는 그들이 수액에 꼬여드는 벌레처럼 '미키'의 '미유'나 '나이스 보디'에 이끌려 몰려들었다는 것을 알았다. 게다가 그 메시지는 성욕보다 식욕의 천박함에 가까웠기에 부끄러울 것도 체면을 차릴 것도 없었다. 그녀는 그들을 바라보며 값을 매기는 여유를 얻었다. 그리고 어느 것에도 만족스러워하지 않는 자신을 발견했다.

'요시다 기미코'는 그 넷 중 누구에게도 답장을 하지 않았다. 선택하는 쪽은 당연히 선택받는 쪽보다 우위에 서게 마련이다. 그녀에게 그런 감각은 신선한 것이었고, 그래서 좀더 기다려보고 싶었다. 그녀는 프로필을 다시 읽어보고, 또다시 못된 장난을 치듯 '성감대'를 '유두'라고 바꿔 적었다. 그녀는 그렇게 '미키'를 빙자해 자신의 비밀을 하나 더 공개하는 기쁨을 맛보았다.

그리고 일주일 사이에 또다시 네 명의 남자에게 메일이 왔다. 게다가 지난번 직접적으로 '섹스 파트너'가 되어달라고 써 보냈던 남자 하나가 같은 내용을 복사해 여기저기 뿌린 게 훤히 드러나는 메일을 또 보내와서, 손안에 들어온 것은 총 다섯 통이었다.

언제 메일이 올지 모른다는 사실이 그녀에게서 안정된 생활을 앗아가버렸다. 수업중 문제풀이를 하면서도 '미키'가 신경 쓰였다. 지금쯤 누군가가 '미키'를 발견하고 메일을 쓰고 있을지도 모른다. 한번 그런 생각이 들면 도저히 참을 수가 없어서 쉬는 시간에 화장실에서 휴대전화로 '순애 클럽'에 접속했다. 그것이 차츰 빈번해져서, 일주일쯤 지났을 무렵에는 하루에 두세 번으로 늘어났다.

'요시다 기미코'는 더는 그런 하루하루를 견디기 힘들었다. 그래서 이걸 끝내고 싶다는 이유로 딱 한 번만 누군가를 만나보기로 결심했다. 노골적으로 성적인 관계를 요구한 사람을 빼자 두

명의 후보가 남았다. 프로필 내용은 서로 거의 비슷했고, 둘 다 '섹스 취향'은 '노멀', '경험자 수'는 '한 손으로 꼽을 정도'였다. 남자에게만 해당되는 '연봉' 항목은 한쪽이 삼백만 엔 이상, 다른 한쪽이 백만 엔 이상이었다. 나이는 전자가 서른다섯 살, 후자가 마흔한 살이다. 그리고 전자는 얼굴이 반쯤 가려진 사진도 올려놓았다. 그것이 나쁘지 않아 보였다. '요시다 기미코'는 몇 번을 고쳐 쓴 끝에 '미키'가 보내는 답장을 전자인 '미치'라는 남자에게 보냈다. 그가 바로 '가타하라 미쓰루'였다.

9
시작

　휴대전화로 직접 메시지를 몇 번 주고받은 후, 두 사람은 목소리 한 번 듣지 않고서 당장 만날 약속을 했다. 거기까지는 더없이 순조로웠지만 구체적인 장소와 날짜를 정하고 나자 '요시다 기미코'는 갑자기 불안에 휩싸였다. '미키'와 자기가 과연 일치할지 어떨지 새삼 걱정이 되었다. 약속 장소에 나타난 자기를 보고 상대가 속았다는 표정을 지으면 어쩌나 불안해진 것이다. 불안감이 커진 나머지 도리어 상대가 상상보다 좀 못한 정도면 좋겠다는 생각까지 들었다. 그러면 피차일반이다. 이런 불안은 그녀의 이후 행동에 결코 적지 않은 의미를 가지게 되었다.

　'요시다 기미코'와 '가타하라 미쓰루'가 처음 만난 것은 때마침 밸런타인데이 바로 다음 주말이었다. '가타하라 미쓰루'가

2월 14일에 아무것도 받지 못했다는 얘기를 이미 들었기 때문에, 그녀는 핸드백에 초콜릿을 넣어가서 상대가 마음에 들면 건네주기로 마음먹었다.

저녁이 되어 약속 장소인 역에서 전화 통화로 장소를 확인하며 처음으로 상대의 목소리를 들은 두 사람은, 수십 초 후 휴대전화를 손에 쥔 채 오 미터쯤 떨어져 서 있는 서로를 알아보았다. '요시다 기미코'는 미리 말했던 대로 검은색 울코트를 입고 있었고, '가타하라 미쓰루'는 검은색 다운점퍼에 청바지 차림이었다.

언뜻 본 그에게서 '요시다 기미코'는 나쁘지 않은 인상을 받았다. 얼굴은 사진보다 못한 느낌이었지만 그래서 오히려 마음이 놓였다. 키는 170센티미터쯤 될까. 마른 체형이고, 한가운데로 가르마를 탄 머리는 살짝 갈색빛을 띠었다. 반면 '가타하라 미쓰루'는 '요시다 기미코'를 흘낏 보고는, 아래를 내려다보며 보조가방에 휴대전화를 넣으면서 "뭐야, ……너무 못생겼잖아" 하며 나지막이 혀를 찼다. 그러면서도 빨간색 니트 스웨터에 감싸인 큰 가슴이 코트 앞섶에 두드러진 것에 시선을 빼앗기며, '됐어, 한번 하지 뭐'라고 이번에는 속으로만 중얼거렸다.

두 사람은 역에서 십 분쯤 걸리는 거리에 있는 상점가의 프랜차이즈 술집에서 두 시간 반가량 먹고 마시며 시간을 보냈다.

'가타하라 미쓰루'는 술이 셌다. '요시다 기미코'는 별로 세지 않았지만, 그가 추가 주문을 할 때마다 "손님은 더 필요하신 거 없으세요?"라고 묻는 종업원에게 두 번에 한 번꼴로 마실 것을 시키는 바람에 어느새 꽤 많은 잔을 비우고 말았다. 긴장한 탓에 목이 마르기도 했다. 일부러 그런 건 아니겠지만 '가타하라 미쓰루'가 매운 안주를 많이 시킨 탓에 자연히 술잔을 기울이는 횟수가 늘어갔다. 게다가 얘깃거리가 부족한 그녀는 대화가 끊기면 매번 술잔을 입에 대며 얼버무려야 했다. 지금은 마시는 중이니까. —침묵이 찾아올 때마다 그녀는 그렇게 변명하는 것 같았다.

두 사람의 대화에는 군데군데 휴대전화 문자의 웃는 이모티콘 같은 것이 붙었고, 상대의 말에 맞장구를 칠 때면 과장스레 느낌표가 찍혔다. 그런 사이트를 이용한 게 처음이라는 얘기로 시작해서 거기 모여든 다른 남녀가 얼마나 이상한지 웃으며 얘기하고, 우리는 다르다, 그래서 서로를 선택한 거라며 고개를 마주 끄덕여 보였다. 그리고는 각자의 경험을 이야기하고, 현재 애인이 없다는 것을 웃음을 섞어 자연스럽게 확인하고 나자, 화제는 벌써 바닥을 드러냈다. 탁자 위에 빽빽이 늘어선 빈 접시에 남겨진 식은 요리처럼, 이미 언급한 몇몇 화제를 새삼 다시 입에 올리기도 뭣해서 대화가 시들해져버리자 두 사람 사이에서는 주위의 소란만이 위세를 떨쳤다. '가타하라 미쓰루'가 뿜어내는 담배연기가 남아도는 시간 속을 깨나른하게 떠다녔다.

대화가 딱히 활기찼던 것은 아니다. 그러나, 아니, 그래서 술집에서 나온 두 사람은 곧바로 '가타하라 미쓰루'의 차를 타고 근처 러브호텔로 들어갔다.

'요시다 기미코'는 자기가 시시한 여자로 보이는 것을 약간 도를 넘어 걱정하기 시작했다. 그녀는 '미키'가 되려 했다. 상대 남자는 분명 '미키'를 원해서 온 것이다. 지금 그가 만족스럽지 않다면 그것은 그녀가 '미키'가 아니기 때문이다. 그녀는 그것이 두려웠다. '미키'는 인터넷 세계의 많은 남자들에게 매력적이었다. 그녀는 그 눈길이, '미키' 안에 있는 자기 자신에게까지 도달하기를 은근히 기대하고 있었다. '미키'의 모든 특징은 '요시다 기미코'의 것이다. 혹시 지금 '가타하라 미쓰루'가 영 흥미 없다는 표정으로 그녀 앞에서 떠나려 한다면 그것은 그가 '미키'가 거짓임을 알아차렸다는 뜻이다. 그리고 그 뒤에 남는 것은, 누구에게도 특별한 관심을 얻지 못하고 하루하루 조용하고 단조롭게 살아가는 '요시다 기미코' 본인이었다.

'미키'의 체형이 '나이스 보디'라거나 가슴이 '미유'라거나 성감대가 '유두'라는 특징은 분명 '요시다 기미코'에게서 유래했다. 그러나 그것을 그런 식으로 공언하는 것은 '요시다 기미코'의 성격과 맞지 않았다. 적어도 이제껏 그런 행위를 한 적은 단 한 번도 없었다. 그녀는 지금 막연하게 **그런** '미키'와 일치되기를 원했다. 남 앞에서 천연덕스럽게 몇 명과 성관계를 맺었는지 얘기하고, 성감대 위치를 밝히고, 자기 육체를 과시하는 여자—그런 여자라면 처음 만난 남자와 별 깊은 생각 없이 쉽게 관계를 맺지 않을까? 그녀는 그렇게 '미키'를 연기하는 척하며 자기 안의 그런 일면을 발견하고, 그것을 드러내고 싶다는 욕구에 저도 모르는 새에 이끌려갔다.

게다가 '가타하라 미쓰루'와의 관계는 '요시다 기미코'의 생활과 아무런 관련이 없었다. 여기에서의 일은 누구에게도 알려지지 않고, 누구에게도 영향을 주지 않는다. 그런 생각이 마치 그녀를 설득하듯 몇 번이고 뇌리를 스쳐갔다.

'가타하라 미쓰루'는 물론 처음에는 오로지 그녀의 **몸**이 **표적**이었다. 그 목적을 위해서라면 그는 늘 대단히 강한 인내심을 발휘하고 매사에 관대해졌으므로, '요시다 기미코'가 남자에게 익숙지 않다는 걸 한눈에 알아채고 나서도 절대 기분이 상해 돌아가거나 하지 않았다. 설령 여자가 자신을 불쾌하게 대하더라도 머잖아 그 몸을 자유롭게 누릴 수 있다면 그는 결코 분노를 드러내지 않았을 것이다. 여자는 결국 완전히 그의 뜻대로 되고, 그 전까지의 관계는 단지 일시적일 뿐이었다는 게 명확해질 것이다. 오히려 잠시 굴욕을 감수하는 편이 흥분을 한층 부풀릴 것 같기도 했다.

그는 식사하는 동안 틈만 생기면, 코트를 벗은 덕에 마침내 그 소재지가 확연히 드러난 '요시다 기미코'의 묵직한 가슴을 힐끔거렸다. 그가 여자의 큰 유방에 품은 특별한 욕정은 '거유_{巨乳}'라는 속어에 깃든 모멸적인 뉘앙스에 상당히 정확히 부합했다. 그는 '요시다 기미코'의 가슴을 우악스럽게 주무르고 맘껏 빨고 싶었지만, 그의 흥분은 촉감이 아니라 그 형태나 움직임이 그녀의 뜻대로 되지 않는다는 이유에서 나왔다.

성교에 임할 때 '가타하라 미쓰루'의 즐거움 중 하나는 위를 보고 누운 여자의 가슴 위에서 두 개의 유방이 제멋대로 몸의 진동을 모방하여 상하좌우로 둔중하게 흔들리는 모습을 바라보는 것이었다. 소유자인 그녀 자신이 힘에 부쳐하는 느낌, 그녀 뜻대로 되지 않는 그런 느낌에 그는 격렬하게 흥분했다. 그것은 여자의 일부이면서도 여자의 마음대로 되지 않았다. 오히려 그가 격렬하게 허리를 부딪칠 때마다 그의 움직임에 따라 흔들리고, 그의 난폭함에 농락당해 형태를 바꾸었다. 그래서 '가타하라 미쓰루'는 작고 밋밋한 여자의 가슴을 혐오했다. 굳게 닫혀 그를 거부하는 그것은 완전히 여자 자신의 소유로 느껴졌다. 그런 몸을 접하면 그것이 자기를 향한 여자들의 일반적인 태도처럼 다가와서, 여자가 발가벗은 몸을 내맡겨도 그 육체의 내면에서 늘 은밀한 조소의 울림이 들리는 기분이 들었다.

'가타하라 미쓰루'가 무슨 수를 써서든 '요시다 기미코'를 차지하려 했던 또 하나의 이유는 그녀가 교사라는 사실을 알았기 때문이었다. '요시다 기미코'는 원래 자기 직업을 숨길 생각이었다. 그녀는 교사가 '만남 사이트'를 이용한 것에 내심 양심의 가책을 느꼈고, 만에 하나 나중에 이 관계가 직장생활에 영향을 끼칠까봐 염려스럽기도 했다. 그러나 만난 지 얼마 지나지 않아 그녀는 그것을 자백하고 말았다.

'가타하라 미쓰루'의 말투에는 어딘지 모르게 포틀래치potlatch적인 강요가 있었다. 그는 상대가 아직 아무것도 묻지 않았는데 일방적으로 자기의 경력을 이야기했고, 상대가 그 이상의 정보를, 어떤 얘기를 일종의 신뢰의 증거로 들려주기를 기대했다.

"무슨 일 해?"라고 아주 가볍게 그는 물었다.

'요시다 기미코'는 "응?" 하며 한순간 당황했지만, 이미 알아버린 그의 개인정보를 이제 와서 물릴 수도 없는 노릇이었다. 상대는 시청 직원이라고 자기 신분을 밝혔다. 그런데 어떻게 이쪽이 아무 말도 하지 않고 버틸 수 있겠는가?

"공무원이야"라는 그녀의 대답에 '가타하라 미쓰루'가 "공무원?"이라며 눈썹을 치켜세우고, "무슨 공무원?" 하며 더 구체적으로 물었다. 그러고는 그녀의 얼굴을 빤히 쳐다본 후 갑자기 떠오른 듯이 "혹시 선생님이야?"라며 표정을 살폈다. 그녀는 부정할 수 없었다. "……으음, ……맞아"라며 고개를 끄덕여버린 뒤, 학교 이름은 간신히 얼버무리며 넘겼어도 중학교 교사라는 것을 비롯해 담당 과목과 학년까지 상대가 묻는 대로 다 털어놓게 되었다. ―

'가타하라 미쓰루'가 '학교'에 원한을 품게 된 것은 언제부터였을까? 대학에 가지 않은 그에게 '학교'란 즉 초중학교 및 고등학교를 뜻하는데, 특히 초중학교에 대한 감정은 증오라고 부를 만했다. 그러나 이를 자각한 시점은 사실 '요시다 기미코'를 만난 후였을지도 모른다.

그때까지 '가타하라 미쓰루'는 그저 막연하게 어린 시절에 좋은 추억이 없다고만 느꼈다. 학교가 싫었고, 친구도 거의 없었다. 선생에게 귀여움을 받은 기억도 없고, 은밀히 괴롭힘도 당했다. 그러나 그것이 현재의 불운의 원인으로 밝혀진 것은 오히려이 무렵이었다.

부모에게서도 일찍부터 혐오를 느꼈지만, 함께 사는 사이 언제부터인가 폭력으로 그들의 복종을 얻어냈기 때문에 울적한 기분을 담아놓을 그릇부터가 작았고, 그릇이 가득 차면 욕설을 퍼붓고 폭력을 휘둘러서 간단히 발산할 수 있었다. 그는 지금도 부모와 같이 살지만 고등학교 졸업과 동시에 마당 한쪽에 조립식

건물을 지어 그곳을 거처로 삼고 있었기에, 그들이 식사를 가져다줄 때 외에는 얼굴을 마주칠 일이 거의 없었다.

그러나 학창 시절의 기억은 돌이킬 수 없는 것이었다.

'요시다 기미코'를 만난 후로 그는 자주 어린 시절을 회상하게 되었다. 떠오르는 기억은 불쾌한 것들뿐이었다. 선생이라고 해봐야 지금의 자기와 나이차가 별로 나지 않는 사람이 많았다. 그것을 깨닫자 더욱더 화가 치밀었다. 왜곡된 기억도 있었지만, 공정한 관점에서 보아도 역시나 불합리하다고밖에 할 수 없는 처사도 당했다. 초등학교 5, 6학년 때 담임이었던 여교사는 노골적으로 '가타하라 미쓰루'를 싫어했다. 한번은 전교생이 모이는 조례 시간에 코피가 날 때까지 맞은 적도 있었다. 자세가 불량하고 **뺀질거렸다**는 것이다.

그때 다른 교사들은 왜 그것을 보고도 아무 말 하지 않았을까? 학생들 중에서도 한 명쯤 나서서 항의했을 법하다. 이놈 저놈 할 것 없이 아무 이유도 없이 나를 싫어했다! 그는 자기 성격이 비뚤어졌다는 것을 자각하고 있었는데, 썩어빠진 학교에 다닌 것이 바로 그 원인이라고 갑자기 굳게 믿게 되었다.

게다가 교사도 뒤에서는 이런 짓을 하지 않는가!

'요시다 기미코'를 안을 때 '가타하라 미쓰루'의 마음속에는 늘 여러 가지 감정이 교차했다. 여느 때처럼 그는 여자의 **본성**을 까발렸다는 만족을 얻었다. 게다가 그 상대가 이런 음란함과 가장 거리가 멀다고 사회가 믿는—믿으려 하는 직업을 가진 여자였기에 더더욱 만족의 정도가 높았다. 그래서 쾌락에 몸부림치는 그녀의 머리를 움켜잡고, 그 얼굴에 사정하고, 정액 범벅으로 만든 후에는, 복수라도 한 듯한 심정으로 '꼴좋다⋯⋯'라고 속으로 중얼거렸다. 그럴 때면 그는 곧잘 그녀에게 안경을 씌우고 더러운 그것을 손가락으로 문지르듯 쳐발랐다. 그리고 그 상태에서 다시 한번 성기를 그녀의 입안으로 밀어넣었다.

동시에 그는 자기가 받아들여진 기쁨도 확실하게 느꼈다. 얼마 안 있어 '요시다 기미코'의 커다란 유방을 손에서 떼어놓을 수 없게 되었는데, 유두에 달라붙어 집요하게 빨아댈 때는 때때로 젖먹이에 가까운 집착까지 보였다.

두 사람은 그날 지방도로변에 있는 유럽 고성풍의 핑크색 러브호텔에서 다음 날 아침까지 같이 보냈다.

건물 바로 뒤에는 나지막한 산이 있고 앞에는 드넓은 논이 펼쳐져 있었다.

'가타하라 미쓰루'의 차를 타고 어스름한 호텔 주차장을 나선 순간 '요시다 기미코'는 넓은 앞유리창 가리개 끝으로, 메마른 논이 마치 물을 가득 채운 것처럼 아침 햇살에 밝게 빛나는 광경을 보았다. 눈을 가리려고 무심코 고개를 숙인 그녀에게 '가타하라 미쓰루'는, 새벽녘에 화장을 고치던 그녀가 뒤늦게 핸드백에서 꺼내준 초콜릿을 입가에 묻힌 채 "아무도 없어"라며 히죽 웃었다.

그녀가 고개를 획 쳐들었다. 그리고 뺨에 한 손을 얹더니 멍한 시선을 다시금 주위로 돌렸다.

10
육체관계

　'육체'란 '살肉'이라는 머티리얼에서 착안한 말이다. '신체'는 '몸身'이므로 좀더 총체적인 개념일 터이다. '정신'과 '육체'라고는 하지만, '정신'과 '신체'라고는 하지 않는다. '영'과 '육'이라고는 하지만, '영'과 '신'이라고는 하지 않는다. '육체'란 이원론의 산물이라 애초부터 버터 냄새가 풍긴다. '신체관계'가 아니라 '육체관계'라고 하는 것에는 불교적 의도가 있는 게 틀림없다. 성교란, 동종의 다른 두 머티리얼이 뒤섞이고자 하지만 끝내 뒤섞이지 못하는 일련의 작업이다. 인간은 늘 실패하는 그 머티리얼을 이상한 만족감과 함께 갖고 돌아가는 우스꽝스러운 존재다. 물론 평소에는 그것을 숨겨두지만.

　'요시다 기미코'와 '가타하라 미쓰루'는 그후 거의 매 주말을 같이 보냈고, 많게는 일주일에 두세 번씩 만나기도 했다. 당연히 그때마다 어김없이 육체관계를 가졌다. 처음에는 러브호텔을 이용했지만 어느새 그가 그녀의 집에 드나들게 되었다. 그러면서도 서로의 관계를 말로 확인한 적은 없었다. '가타하라 미쓰루'는 물론이고 '요시다 기미코'도 대학 시절 친구가 전화로 "애인 생겼니?"라고 물으면 "아니"라고 대답했다. 알게 된 계기 때문만이 아니라, 함께하는 시간이 늘어날수록 그녀는 '가타하라 미쓰루'의 존재가 남에게 알려지는 게 부끄러워졌다.

관계가 시작된 지 얼마 안 되었을 무렵 '가타하라 미쓰루'가 조금은 갑작스럽게 "너, 생리통 심하지?"라고 물은 적이 있었다. 마침 호텔에서 나갈 시간이라 옷을 입고 있을 때였다. '요시다 기미코'는 놀라서 "어? ⋯⋯어떻게 알았어?"라며 뒤를 돌아보았다. 그는 그녀에게 계속 간토 억양을 쓰도록 했다. 도쿄 여자를 범한다는 감각이 만족스러웠기에, 그 자신도 텔레비전이나 만화에서 접한 말투를 따라 하기도 했다. 그녀가 몇 번이나 자기는 사이타마 출신이라고 말했지만 그는 그 차이를 잘 몰랐다.[*]

'가타하라 미쓰루'는 담배를 피우며 자못 우쭐대듯 말했다.

---

[*] 도쿄와 사이타마 모두 간토 지방에 속하지만 행정구역상으로는 별개의 지역이다. 한편 두 사람이 살고 있는 시가 현은 간사이 지방이다.

"다 알게 돼 있어."

그러고는 그녀가 다시금 대답을 조르기를 기다렸지만 당황해하기만 하고 그런 기색을 전혀 보이지 않자, 살짝 짜증스러운 듯이 먼저 입을 열었다.

"가르쳐줄까, 어떻게 알았는지?"

그녀가 살며시 고개를 끄덕였다.

"생리통이 심한 여자일수록 민감하거든."

"……정말?"

"어, 진짜야."

'가타하라 미쓰루'는 신이 나서 말을 이었다.

"생리도 호르몬 때문이잖아. 섹스랑 관계가 있지. 가슴이 큰 것도 그것 때문이고. 몰랐냐?"

"……응."

"너랑 잤던 다른 남자들도 민감하다고 했을 텐데."

"……"

"아까도 엄청 큰 소리로 신음했잖아. 옆방에까지 다 들렸을 거다."

"……거짓말."

"진짜야. 얼마나 야했다고."

그러더니 '가타하라 미쓰루'는 미간에 주름을 잡고 입술을 오므리며 몹시 맛있다는 듯이 담배를 피웠다. 어둠 속에서 빨간 불꽃이 부풀어오르고, 끄트머리에서 재가 떨어져내렸다.

생리와의 인과관계 얘기는 그렇다 치더라도, '요시다 기미코'가 성행위중에 내는 소리는 실제로 '가타하라 미쓰루'가 지금까지 관계를 가졌던 다른 어떤 여자보다 컸다. 성기를 핥으면 가만있지 못하고 온몸으로 요란하게 반응을 보였다. 그런 반응에 그는 더 달아올라서 싫증 낼 줄 모르고 몰두했다.

'요시다 기미코'가 경험이 적다는 것은 금방 드러났다. 게다가 그녀 자신이 '미키' 같은 여자라는 애매한 이미지에 집착했던 탓에, '가타하라 미쓰루'가 이끄는 대로 절반은 의무처럼 충실하게 따랐다.

두번째 성행위 때 '가타하라 미쓰루'는 바이브레이터 두 개를 들고 왔다. 새것이라고 말했지만 실은 이미 이 년간 사용해온 여러 개 중에서 골라온 것이었다. 그는 성기나 항문에 그것을 삽입한 여자의 모습에 각별한 욕정을 느꼈다. 혀나 남자의 성기는 사랑의 의미를 띨 수 있다. 그러나 바이브레이터는 오로지 성욕의 만족을 위해 만들어진 도구다. 여자의 육체에 그것이 꽂힌다는 것은 즉 그 의미가 꽂힌다는 것이다. 그렇게 그 도구에 육체를 완전히 지배당해 몸부림치는 모습을 보면, 그의 성기는 터질 듯이 딱딱하게 발기했다.

'요시다 기미코'는 처음에는 이에 동요했지만 곧 설득당했다. "왜 싫은데?"라는 말에 "……부끄러워서"라는 대답밖에 할 수 없었다. '가타하라 미쓰루'를 연인으로 여겼다면 그녀는 그런 요구를 거의 다 거절했을지도 모른다. 그러나 '가타하라 미쓰루'는 인터넷의 '만남 사이트'를 통해 알게 된 남자였다. 두 사람 사이에는 과거도 없지만 미래도 없다. 단지 현재라는 시간의 그늘에서 어둠을 틈타 서로의 알몸을 어루만질 뿐이었다. '가타하라 미쓰루'는 겉으로 드러난 그녀의 인생과 아무런 관계가 없었고, '가타하라 미쓰루'와 만나는 그녀도 세간에 일체 알려져 있지 않았다. 엄밀한 의미에서 두 사람은 존재하지 않았다. '요시다 기미코'는 거의 아무런 의도 없이 수치심을 유보하는 법을 배웠다. 부끄럽다는 것은 자의식의 장난이다. 사람들은 그것도 모르고 사회가 기대하는 인간 일반의 모습을 받아들여 자신의 바람직한 모습으로 삼는다. 그리고 당연히 그와 일치해야 할 자신이 무심코 흐트러져버린 모습을 타인에게 보이는 것을 부끄럽다고 느끼는 것이다.

그러나 '가타하라 미쓰루'는 그런 의미에서 타인의 자격을 갖추고 있지 않았다. 그녀에게 그는 애초부터 사회와 완전히 다른 공간에 사는 이였다. 그에게 자신의 치태癡態를 드러내도 더 널리 퍼져나갈 세계가 없었고, 게다가 그가 있는 곳에서는 치태야말로 소위 상태常態로 당연하게 받아들여졌다.

뿐만 아니라 그녀는 그곳에서 일탈한 자기를 '미키'라는 타인에게 위임했다. 만약 그녀가 '미키'라는 고유명사를 소유하지 않았다면 그녀의 존재는 야무지지 못하게도 '가타하라 미쓰루'의 면전에까지 연속되고, 일탈은 '요시다 기미코'에게 수치심을 안겨주었을 것이다. 그러나 '미키'라는 고유명사는 일탈한 그녀를 그녀 자신과 구별시켰고, 따라서 그녀를 지켜주었다. '미치'가 사는 세계는 모든 사회관계의 진공이자 인기척 없는 장소였으며, 그곳에서 '가타하라 미쓰루'와 '요시다 기미코'는 존재하지 않는 '미치'와 '미키'라는 두 인간이 되어 난잡하게 희롱거렸다. 게다가 기묘하게도 육체는 존재하지 않는 그 두 사람에게만 소유되고, 그들 자신으로 출현했으며, 일상에서는 '요시다 기미코'나 '가타하라 미쓰루'나 그것을 없는 것으로 치고 완전하게 남의 눈에 띄지 않도록 은폐했다.

물론 그것을 지극히 자연스럽게 자각하고 실행했다는 뜻은 아니다. '요시다 기미코'는 변함없이 자신이 '가타하라 미쓰루' 앞에서는 '미키'여야 한다고 생각했다. 처음에는 망설이거나 수줍어하는 모습을 종종 보였지만, 조바심을 내는 '가타하라 미쓰루'의 표정을 보면 흡사 정전기를 느낀 양 재빨리 그런 태도를 거둬들였다. 그녀는 여전히 '가타하라 미쓰루'가 실망하는 것을 두려

위했다. 그러나 그녀 자신과 '미키'의 관계가 정리되고 한층 명확하게 분화되어감에 따라, 오히려 '요시다 기미코' 본연의 모습의 정확한 반전으로 '미키'의 본연의 모습을 예감할 수 있게 되었다. 당연한 일이지 않은가? 혹시 '미키'가 한창 행동하는 중에 '요시다 기미코'가 얼굴을 드러내고, '요시다 기미코'의 판단으로 해야 할 것과 하지 말아야 할 것을 결정한다면, 그녀는 결국 '가타하라 미쓰루' 앞에서도 '요시다 기미코'로 존재하는 셈이다. 이때 '가타하라 미쓰루'에게 더럽혀지고 능욕당하는 것은 '요시다 기미코'다. 그것을 피하기 위해 그녀는 '가타하라 미쓰루'에게 '요시다 기미코'와 전혀 관계없는 '미키'를 내놓았다. '요시다 기미코'는 늘 작은 소리로 말하고, 좀처럼 자기의 의견을 밝히지 않고, 감정의 기복이 적고, 상식적으로 행동하며, 또한 성적 매력과 도무지 거리가 멀었다. 한편 '미키'는 몸에 손길한 번만 스쳐도 짐승 같은 절규를 참지 못하고, 쾌감을 끌어내기 위해 원하는 바를 직접 말하고, 달아오른 흥분을 억제하지 못해 거의 완전하게 무분별해질 수 있을 정도로 음란했다.

이것이 가능했던 까닭은 두말할 필요도 없이 '요시다 기미코'가 그러길 원했기 때문이었다.

'가타하라 미쓰루'가 지적한 대로 그녀가 육체적 쾌감을 강하게 느꼈던 것은 사실이다. 그것이 남들보다 유독 심했다면, 그 이유는 단순히 생물학적인 것이다. 굳이 표현하자면 '요시다 기미코'라는 유기체에서 성적 자극을 받아들이는 기관이 다른 개체에 비해 조금 과도하게 발달했을 뿐이다. 또한 매번 한 시간 넘게 이어지는 '가타하라 미쓰루'의 편집증적인 애무가 기분 좋게 느껴졌던 것도 사실이다.

그녀가 그것을 이상하게 여기지 않았던 것은 아니다. '가타하라 미쓰루'는 매사에 귀찮아하는 성격이라, 그녀의 집에 와서도 일단 침대 안으로 들어가면 화장실에 갈 때 말고는 거의 움직이려 하지 않았다. 배가 고프고 목이 말라도 단지 그녀에게 알릴 뿐이다. 그런데 성행위에 임할 때는 결코 수고를 아끼지 않았다. 그가 손가락과 혀, 그리고 바이브레이터를 이용해 오래도록 그녀의 성기를 지분거리는 동안, 그에게는 적어도 직접적인 육체적 쾌감이 없을 게 분명했다. 그동안 줄곧 성적인 자극을 탐하는 것은 그녀다. 그녀는 소박하게 그것을 의아해했다. '가타하라 미쓰루' 이전에 그녀가 관계를 가졌던 두 남자는 오히려 그 과정을 건성으로 끝내버리기 일쑤였다. '가타하라 미쓰루'의 모습에 헌신이란 말을 떠올릴 만한 기특한 구석은 없었다. 그녀를 기쁘게 해주기 위해서 애쓰는 것이 아니다. 그저 빨고 싶어서 빨고, 바이브레이터를 성기에 넣었다 뺐다 하고 싶어서 그러는 것이었다. 평소 작정하고 즐기는 건 아니었지만, 이따금 성인용품점에서 산 빨간 로프를 가져와서 그녀를 칭칭 동여매기도 했다. 그럴 때는 행위가 한나절 넘게 계속되었다.

바이브레이터를 봤을 때도 그랬지만, '요시다 기미코'는 '가타하라 미쓰루'가 가방 속에서 부스럭대며 꺼낸 것이 로프란 것을 알고 두려움을 느꼈다. 몸에 위험이 닥치지 않을까 하는 직접적인 불안과 함께 왠지 이쯤에서 멈춰야 할 것 같다는 막연한 불안도 느꼈다. 그러나 '가타하라 미쓰루'는 모른 척하고 아무렇지도 않게 "무서워할 거 없어"라며 씩 웃을 뿐이었다. 실제로 그녀가 아는 한 그에게 폭력적인 성향은 없었다. 그는 그녀를 알몸으로 만들고 목에 로프를 걸더니, 자기도 옷을 벗고 성기를 발기시켰다. 이마에 땀을 흘리며 벌이 벌집을 짓는 듯한 열성으로 그녀의 뼈와 근육을 구속하고 그녀의 의지에 따른 움직임을 완전히 빼앗아, 오로지 그가 점유해 자기 뜻대로 할 수 있는 유방과 성기만 강조했다. 그리하여 한 여자의 육체에는 그의 욕망의 무도장이 생생하게 모습을 드러냈다.

그러는 동안 '요시다 기미코'는 이따금 몸을 살짝 비틀어 보이는 것 외에는 그가 시키는 대로 다리를 벌리거나 팔을 들어올리거나 하며 작업에 협조했다. 포박당하는 것은 기묘한 감각을 수반했지만 한 번 경험하고 나자 그녀도 즐기게 되었다. 첫째로 그 압박감에서 단순한 쾌감을 발견했기 때문이다. 황금연휴에 고향

집에 내려가 옛 친구들과 1박 2일 온천여행을 갔을 때, '요시다 기미코'는 방에서 지압 마사지를 받으며 문득 그것과 비슷하다고 느꼈다. 그 발견을 같은 방을 쓰는 친구에게 알려주고 싶었지만 물론 입 밖에 내지는 않았다. 그리고 그렇게 입을 다물고 있는 것에 은밀한 기쁨을 느꼈다.

  적당한 피압 被壓에는 분명 쾌감이 있다. 게다가 그 갑갑함에는 어린아이가 책상 밑이나 옷장 안에 숨어들 때 느끼는 일종의 자궁의 향수가 있었다. 부자유는 꽤 오랫동안 그녀가 망각했던 감각이었다. 태아처럼 온몸을 웅크린 채 바이브레이터 두 개로 성기를 한창 자극당하는 와중에 그녀는 그것을 느꼈다. '가타하라 미쓰루'는 치욕의 탕에 수도 없이 그녀의 머리를 처박으려는 듯이, 자신의 성기를 입에 물린 채 상소리를 내뱉으며 그녀의 성기에 격렬하게 바이브레이터를 넣었다 뺐다 했다. 그녀는 모든 움직임을 빼앗긴 자세로 산도 産道를 거슬러오르듯 질식할 것 같은 황홀을 느꼈다. 그것은 거의 자아를 잃어버릴 듯한 예속의 고통 틈새로 홀연히 숨어든, 마취와도 같이 중추에서부터 침투하는 유열 愉悅이었다. 가슴 안쪽이 녹아들기 시작하고 심장박동을 울리며 잇달아 출렁거렸다. 그것이 계속 이어지다가 뒤이어 구토를 자아낼 정도의 쾌락이 찾아들고 모든 힘이 빠져나갔다. 그 끌림은 '요시다 기미코'가 언제부터인가 '가타하라 미쓰루'의 모습에서 어렴풋이 느꼈던, 어린애한테서나 보이는 유희적 몰두의 인상과 애매하게 뒤섞였다.

어떤 행위가 되었든, 그녀는 한 인간의 관심이 그렇게 오랜 시간 동안 자기에게 지속되고, 자신의 육체가 그 상대의 손에서 흥분의 대상으로 다뤄지는 것을 한 번도 경험해본 적이 없었다. 어린 시절에 경험했던 부모와의 접촉마저도 이보다 훨씬 담백하지 않았던가? 어릴 때는 시간 가는 줄 모르고 친구와 장난을 치곤 했다. 그때 만약 어른들에 의해 그 끝이 도래하지 않았다면, 그 시간은 언제까지고 이런 식으로 이어지지 않았을까?……

그래서 스스로 장난감이 된 것에 대한 보상으로 쾌감을 얻어낸 후로, '요시다 기미코'는 역시 명령에 의해서이긴 했지만 절반은 자진해서 역할을 교대했다.

그녀의 행위는 '가타하라 미쓰루'에 비하면 턱없이 조심스러웠다. 한참 동안 성기를 어루만지고, 얼굴에 들이댄 것을 신생아의 구순탐색반사처럼 고개를 숙이고 빨거나 입에 물어 자극하면서, 그녀는 자기가 그런 기술에 숙달되는 것에 기쁨을 느꼈다.

발기라는 남성 성기 특유의 현상은 그 자체로 장난감 같은 재미가 있었다. '가타하라 미쓰루'를 알기 전까지 그녀는 불을 켠 채 성행위를 하는 것을 상상조차 하지 못했다. 그것을 가까이서 본 적도 없었고, 상대가 애무를 요구해도 슬쩍 스치기만 하는 정도였으며, 어떻게 해야 좋을지 몰라 늘 고개를 숙이고 말았다.

'가타하라 미쓰루'는 그런 그녀에게 하나하나 상세하게 요구했다. 혀를 좀더 움직이라느니, 입안 더 깊이 넣으라느니, 손을 빨리 움직이라느니, 끝부분을 핥으라느니 하는 주문들을 조바심 내며 쏟아놓았다. 그 때문에 그녀는 명령에 따라야 하는 불우한 입장이라는 명목으로 금세 그 기술을 숙달해나갔다.

스스로도 상상조차 못했던 일이지만, 그녀는 남자 성기를 귀엽다고 느끼게 되었다. 중학생 무렵 오빠가 어디서 구해온 외국 포르노 비디오를 혼자 몰래 봤을 때는 역겨울 정도로 기분 나쁘다고 느꼈음에도. 무엇이 변한 걸까? 남자의 성기는, '가타하라 미쓰루'처럼 거만한 인간의 것일지라도 어쩐지 무력한 작은 동물처럼 자극에 민감하고 무방비하며 천진난만하게 반응했다. 가장 멀리 해야 할 연상이겠지만 그것이 미동할 때면 이따금 손가락으로 만져본 갓난아기의 팔처럼 느껴지기도 했다.

인체의 일부를 입안에 넣는 경험은 물론 처녀였던 시절의 그녀가 해보지 못한 것이었다. 처음에는 그것이 성기라는 사실에 저항을 느꼈지만, 실제로 혀로 건드려보니 오히려 그것이 육체의 한 부위라는 사실이 어색하다는 생각이 더 먼저 들었다. 입을 맞추고 혀를 안으로 받아들였을 때는 그다지 실감하지 못했던 타인의 침입을 강하게 의식했다. 그것은 육체에서, 우스꽝스럽고 거의 불여의_{不如意}하게 불쑥 튀어나온 끄트머리였다. 내재되고 감춰져 있던 것이 무의식중에 흘러나와버린 듯한 내면적인 온도와 중량을 지니고 있었다.

잘되면 '가타하라 미쓰루'가 "아아, ……너무 좋아, ……"라는 소리를 흘리며 그녀의 머리를 어루만졌다. 처음으로 사정까지 이르러 입안에 정액을 받았을 때는 뭐라 표현할 수 없는 성취감을 느꼈다. '가타하라 미쓰루'는 양쪽 허벅지에 경련을 일으키며 침대에 누워 있었다. 그리고 "……아아" 하고 힘 빠진 소리를 흘리면서 한동안 천장을 바라보았다.

'요시다 기미코'는 입안의 정액을 어떻게 처리해야 할지 몰라 그대로 삼켰다. 어린 시절, 넘어져서 까진 무릎의 상처를 핥았을 때와 같은 뒷맛이 혀끝에 남았다.

11
상스러운 취미

'요시다 기미코'의 일상생활에는 변화가 없었다. 평소처럼 출근하고, 교단에 서서 수업을 하고, 그러는 앞뒤로 여러 가지 잡무를 처리했다. 그러나 봄이 되자 몇 번인가 동료에게서 "요즘 생기가 넘치네요"라는 말을 들었고, "예뻐졌다"는 소리까지 들었다. 좀더 직접적으로 "남자 생겼어?"라고 묻는 사람도 있었다. 그럴 때마다 그녀는 쑥스러워하는 미소를 짓거나 "……아니요"라며 살며시 고개를 흔들었지만, 기쁜 반면 언제 '가타하라 미쓰루'의 존재를 그들에게 들킬지 모른다는 불안을 느끼기도 했다.

'미키'가 될 수 있다는 것은 그녀에게 생각지 못한 자신감을 안겨주었다. 성적으로 만족하고, 상대를 성적으로 만족시킬 수 있다는 것이 세상을 보는 그녀의 관점을 완전히 바꿔놓았다. 게

다가 그것은 흔하디흔한 형식적인 연애관계에서는 얻을 수 없을, 몹시도 상스러운 만족이었다.

그녀는 당당히 가슴을 펴고 거리를 걸어다녔다. 아름다운 여자를 봐도 전처럼 열등감을 느끼지 않았다. 나는 여기 있는 그 누구보다 음란한 경험을 했다. 게다가 그런 음란함과 가장 멀리 떨어진 곳에서 정상적인 생활을 영위한다. 대부분의 여자는 그중 어느 한 면의 인생밖에 모를 것이다. 성실한 사람은 얼마 전의 자기처럼 진부한 성 체험밖에 해보지 않았을 것이다. 세간에서 빈축을 살 만한 성 체험을 지닌 사람은 그에 걸맞은 무절제한 삶을 살고 있을 게 틀림없다. 양쪽 모두를 겸비한 사람이 이중에 과연 몇이나 될까? ……평소에 별로 분석적으로 생각하는 습관이 없었던 '요시다 기미코'가 이렇게 명확하게 의식하고 생각해본 것은 당연히 아니었다. 다만, 잠정적으로 그녀의 심리를 정리해보면 대략 이랬다는 것이다.

학교에서 학생들이 시건방진 말을 해도 어린애처럼만 느껴져서 화가 나지 않았다. 나이 많은 선생님에게 잔소리를 들어도 예전처럼 그 말이 마음 깊이 와 닿지 않았다.

남몰래 다른 사람이 모르는 것을 알고, 다른 사람이 하지 않는 일을 한다는 것. 그런 의식이 그녀가 그때까지 몰랐던 색다른 우월감을 느끼게 해주었다.

그 흥분은 '가타하라 미쓰루'와 시작한 새로운 놀이로 한층 더 해졌다.

처음에 '가타하라 미쓰루'와 '요시다 기미코'는 앞에서 말했듯이 밀회의 장소로 오로지 러브호텔만 이용했기 때문에, 방의 구조에 따라서는 성교하는 두 사람의 모습이 천장에 달린 거울 한가득 비칠 때도 있었다. '가타하라 미쓰루'는 그것을 유난히 좋아해서 '요시다 기미코'에게도 똑똑히 쳐다보라고 명령했지만, 눈이 나쁜 그녀는 그저 어렴풋이 하얀 시트 위에서 살색 덩어리가 꿈틀거리는 모습밖에 확인할 수 없었다.

사실 '가타하라 미쓰루'는 몇 번 그녀 몰래 가방 안에 비디오카메라를 설치해 두 사람의 행위를 녹화하려 시도했었다. 그러나 항상 렌즈 위치가 빗나가거나 에어컨 잡음이 섞여드는 바람에 뜻대로 풀리지 않았다. 마음만 먹으면 언제든 실제 행위가 가능했음에도 그는 어떻게 해서든 비디오로 찍은 영상을 소유하고 싶어했다. 그냥 가지고 있다가 되풀이해 보고 싶은 마음도 있었지만, 그와 동시에 그것을 인터넷에 공개해서 남에게 보이고 싶었던 것이다.

'가타하라 미쓰루'는 예전에도 몇 번 성매매업소 아가씨나 전화방에서 알게 된 여자에게 성행위 촬영을 부탁했으나 호의적인 대답은 듣지 못했다. 그중에 어떤 여자들은 같은 경로로 알게 된

다른 남자에게 그런 제안을 허락하기도 했지만, '가타하라 미쓰루'가 자기의 알몸을 계속 소유한다고 생각하면 아무리 몸을 허락한 후라 해도 왠지 모르게 소름이 돋았다. 그것이 요컨대 그의 분위기이자 인상이었다.

그런 경위의 영향도 있어서, '가타하라 미쓰루'가 '요시다 기미코'에게 이를 요청하기까지는 뜻밖에도 석 달이 넘는 시간이 필요했다. '가타하라 미쓰루'는 '요시다 기미코'의 성욕으로 길들여진 고분고분함을 매우 마음에 들어했다. 그것이 다름아닌 여자의 **본성**이라 믿었던 그는, 다른 한편으로 어느 날 갑자기 그녀가 혀를 내밀며 그를 욕하고, 지금껏 교제해온 것이 모두 거짓이며 연기였다고 하지는 않을까 내심 두려워하기 시작했다.

처음에는 단지 사진을 찍고 싶다고만 했지만 예상했던 대로 '요시다 기미코'는 웬일로 반항을 하며 이를 거부했다. 당연히 그녀는 '미키'의 사진이 '요시다 기미코'가 사는 세계로 침입하는 것을 두려워했다. 또한 '가타하라 미쓰루'와의 관계가 결코 오래가지 않을 거라 생각했기 때문에, 헤어진 후에 그것이 상대의 손안에 남는 것도 싫었다.

'가타하라 미쓰루'의 설득은 변명의 여지가 없을 정도로 속이 뻔히 보이는 것이었지만, 결과적으로 보람은 있었다. 그 아름다운 나체를 젊을 때 사진으로 남겨둬야 한다는 것이었다.

"너도 벌써 서른 아냐? 미리 찍어둬야지, 안 그럼 가슴이 금세 늘어져버려. 이렇게 멋진데 말이야."

그는 옅은 미소를 머금으며 훤히 드러난 그녀의 유방을 꼭 움켜쥐었다.

"안 그래? 이런 가슴을 가졌는데, 너무 아깝잖아. 무지 섹시하다니까."

그렇게 말하며 그는 유방을 흔들고, 유두에 달라붙어 빨기 시작했다.

'요시다 기미코'가 몸을 뒤로 빼려 했지만 그는 억지로 끌어안고는 이어서 성기로 손을 뻗었다. 그녀의 숨결이 거칠어졌다.

"응, 괜찮지? 예쁘게 찍어줄게. 어때? 디카니까 나중에 보고 맘에 안 들면 지워도 돼. 어?"

그는 손가락을 몇 번씩이나 클리토리스 위로 왕복시키며 귓가에 대고 속삭였다.

"나중에 싫다고 하면, ……정말로 지워줄 거지?"

그렇게 묻자 그는 "당연히 지우지. 지워, 지운다고. 그럼 괜찮지? 어?"라며 귀찮다는 듯이 일방적으로 대화를 끊고, 가방에서 디지털카메라와 바이브레이터를 끄집어냈다. '요시다 기미코'는 드러누운 채 머리만 살짝 쳐들고 그 모습을 바라보았고, 여전히 무엇인가 생각에 잠긴 듯한 그녀의 표정을 본 '가타하라 미쓰루'

는 코웃음을 치고는 또다시 그 몸으로 달려들었다. 그후로 차츰 일이 진행되었다.

약 한 달 사이에 '가타하라 미쓰루'는 족히 백 장이 넘는 사진을 찍었고, 영상은 60분짜리 비디오테이프 네 개를 채우기에 이르렀다. 그중에서 지워준 것은 고작 사진 몇 장에 불과했다.

당연히 내용은 회를 거듭할수록 점점 과격해졌다. 처음에는 그냥 누워 있는 모습을 찍는 정도였지만, 다음에는 유방이나 성기를 강조하는 포즈를 취하게 했고, 머지않아 '가타하라 미쓰루'의 손이 나오고, 성기가 찍히고, 이윽고 성행위가 대부분을 차지하게 되었다.

'요시다 기미코'도 조금씩 사진 찍히는 쾌감을 알아갔다.

그녀는 사진과 동영상의 일부가 담긴 CD-ROM 두 장을 '가타하라 미쓰루'에게서 건네받았다. 그리고 그가 '자위용'이라며 두고 간 검은색 바이브레이터와 함께 상자에 넣어 옷장 깊숙이 보관해두었다.

'요시다 기미코'는 한참 전부터 자기가 '미키'라는 존재를 소유하고 있다고 느꼈지만, 그것이 이렇게 형태를 띤 가시적인 기록으로 주어지자 생각이 좀더 복잡해졌다.

'미키'는 이제 그녀의 내부에서 어렴풋한 기억으로 사라져갈 존재가 아니었다. 그것은 독립적으로 그녀의 외부에 구체적인 물질의 형상을 띠고 나타났다. 그때까지는 하나의 시간의 흐름을 번갈아 나눠 가졌던 양자가 이제는 시간 속에서 병존한다. 설령 그녀의 존재가 소멸해도 '미키'는 이렇게 물질로 계속 존재하는 것이다.

그녀는 집에 있는 컴퓨터 모니터에 비친 자신의 나체를 싫증도 내지 않고 몇 번씩 바라보았다. '가타하라 미쓰루'가 즐겨 시키는 자세는 하나같이 포르노 잡지나 AV에서 본 것들이라서, 그런 것을 접할 기회가 거의 없었던 '요시다 기미코'조차도 어렴풋이 기시감을 느꼈다. 그리고 세간에서 추잡하게 여기는 형상을 취하고 있는 것이 다름아닌 자신의 몸이라는 사실이 새삼 신기하게 느껴졌다.

자세란 과연 기묘한 것이다. 인체의 관절은 총 265개라고 하는데, 그중 몇 개를 선택해 각도와 방향에 변화를 가하고 그 수학적 조합을 하나하나 조형해나가면, 어떤 것은 예술적으로, 또 어떤 것은 외설적으로 여겨진다. 우연의 장난으로 한창 일상생활을 하는 와중에 누군가의 몸이 그 외설스러운 형태에 꼭 들어맞아버릴 때가 있다. 남자라면 그럴 때 폭소의 표적이 되고, 여자라면 숨죽인 웃음의 발단이 된다.

'요시다 기미코'는 언젠가 잡지에서, 아이돌 가수나 여배우 사진의 얼굴 부분만 따로 떼어내 다른 사람의 누드사진과 합성한 이미지가 인터넷에 범람한다는 기사를 읽은 적이 있었다. 예시로 실린 사진의 합성 부분이 놀라울 정도로 정교해서, 컴퓨터를 잘 모르는 그녀 같은 사람이 보면 어디를 잘라 붙인 것인지 전혀 알 수 없었다.

'가타하라 미쓰루'가 찍은 자기 사진을 봐도 그런 느낌이었다. 자기 얼굴이 낯선 익명의 나체에 난폭하게 접합되어 있다. 익명의, 세간에서 음란하다고 일컫는 온갖 나체의 샘플에 붙박여 있다. 그런 인상이었다.

'미키'가 된다는 것은 본래 이런 게 아니었을까? '요시다 기미코'는 카메라가 동반한 타자의 시선을 통해, '미키'라는 이질적인 존재와의 전적이고도 즉시적인 통일을 처음으로 절감했다. 그녀의 얼굴은 그녀의 성기와 육체적으로 연속되었다. 하나의 선으로 이루어진 그 윤곽은 그녀라는 일개 개체의 주위를 끊김 없이 일주하여 이어졌다. 이제 거기에는 시간에 의한 분단 대신 그저 매끄럽게 전체를 감싼 맨살이 있을 뿐이었다.

'요시다 기미코'는 자기 육체의 완전하고도 상세한 지도를 손에 넣었다. 초등학생 무렵 성기를 거울로 확인한 이래 거의 이십년 만에 그녀는 그것을 눈앞에 접했다. 예전에는 가느다란 음모로 살짝 덮여 있던 외음부 주변은 항문 가까이에까지 억센 털이 빽빽하게 밀집해 있고, 그녀 본인의 체액에 젖어 꿀에 담근 듯한

다발을 이루고 있었다. 목욕하면서 그곳을 씻을 때 손끝에 느껴지는 감촉은 그 복잡한 색과 형태를 따라 시각적으로 재현되어서 그녀의 기억을 소급적으로 채워갔다. 그녀는 거기에서 시간이 경과한 흔적을 확연하게 인지했다. 그녀의 얼굴은 이십 년간 매일같이 거울로 확인되었고, 변화는 잘게 부서져 그 속으로 숨어들었기에 결국 이런 흐름을 그녀는 감지해낼 수 없었다. 그러나 이제야 새삼 눈에 들어온 그녀의 일부분은 시간 속에 밀봉된 채로, 게다가 시간을 거스르지 못하고 내부에서 은밀하게 변화를 계속해온 덕에, 그 경과를 생생하게 드러냈다.

딱히 국부에 한정된 것은 아니었다. 그녀는 매일같이 자신의 알몸을 봐왔다. 옷을 갈아입기도 하고 목욕도 한다. 그러나 바닷가 주민이 해안선을 정확하게 그려내지 못하듯이 그녀는 자기 육체가 어떤 형상인지 사실은 잘 알지 못했다. 거울 앞에 서기는 한다. 하지만 그래봐야 똑바로 선 자세다. 다리를 구부리면 어떤 뼈가 두드러지고 어떤 근육이 부푸는지, 쑥 내민 엉덩이가 어떤 호를 그리는지, 그때 허리에는 어떤 주름이 잡히는지, 그녀는 완전히라고 해도 좋을 만큼 무지했다.

그에 더해 비디오 속의 '요시다 기미코'는 소리와 동작을 가졌고, 실제로 그녀 자신이 갖고 있는 행위의 기억과 때때로 등을 맞대면서 기묘한 차이를 드러냈다. 거기에서는 물론 '가타하라 미쓰루'와의 관계가 비춰졌다.

'요시다 기미코'에게 AV는 사진에 비하면 훨씬 더 낯선 존재였으므로, 이때의 기시감은 좀더 막연한 이미지에서 유래한 것이었다.

한번 찍히고 나자 점점 걱정이 희박해지며 대신 즐기는 마음이 싹텄다. '가타하라 미쓰루'를 알게 된 전후로 '요시다 기미코'의 행동을 되짚어보면 하나의 흥미가 다른 걱정을 간단히 제쳐버리는 경우가 많다. '만남 사이트'를 이용할 때도 그랬고 '가타하라 미쓰루'와 맨 처음 접촉할 때도 그랬다. 낙천가라고 해도 좋을 정도로, 그녀는 둘 중 어느 쪽을 중히 여겨야 옳은지를 충분히 의식하지 못했다. 그렇다고 해서 욕망이 사고를 파괴할 만큼 거셌던 것은 아니다. 단지 마치 욕망과 염려의 원근이 다른 양, 한쪽에 초점이 맞으면 다른 한쪽은 자연히 흐릿해지는 식이었다.

성행위를 하는 '요시다 기미코'의 의식도 변했다. 어떤 자세를 요구당해도 그것은 이미 사진에서 본 것이었으며, 어딘가에 있는 타자의 눈에 비치는 자기 모습이 뇌리에 어른거렸다. 엄밀하게 말하면 그것은 '가타하라 미쓰루'의 눈일 테지만, 그녀 안에서는 좀더 추상적인 누군가의 눈으로 여겨졌다. 그것은 아마도 '가타하라 미쓰루'가 침대 옆에 비디오카메라를 설치해 촬영한 두 사람의 성교 영상을 본 탓일 것이다.

'요시다 기미코'는 타인의 눈을 통해 자기 행위의 외설스러움을 바라보는 흥분을 알게 되었는데, 그것은 그녀가 그녀 자신에게서 멀어졌기 때문이 아니라 오히려 자신이 도달해야 할 상像을 확실하게 파악했기 때문이었다. 그녀는 몇 번인가 자기 집 거울 앞에서 자위에 열중했다. 쓸 일이 없을 줄 알았던 '가타하라 미쓰루'의 검은색 바이브레이터도 처음으로 혼자 써보았다. 거울 앞에서 의자에 다리를 벌리고 앉아 그것을 성기에 넣고 천천히 넣었다 뺐다 했다. 쾌감이 높아지자 자연히 움직임도 빨라졌다. 절정에 이를 때까지 거울을 뚫어져라 쳐다보았다. 그 감각을 전수해준 것도 '가타하라 미쓰루'다. 네모난 체리목 나무틀 안에서 한 여자가 팔을 격렬하게 움직이며 이쪽을 바라보고 있다. 마치 거울 속의 그 움직임을 자기가 비추고 있는 것 같았다.

촬영은 '요시다 기미코'의 집, 러브호텔, '가타하라 미쓰루'의 자동차 등 그때그때 다른 장소에서 행해졌는데, 곧 그것이 바닥나자 둘이서 밖으로 나가게 되었다. 계절은 마침 여름을 맞이할 즈음이었다.

맨 처음 장소는 '요시다 기미코'가 사는 아파트의 주차장이었다. 조금 안쪽으로 들어가면 도로에서 보이지 않는 곳이 있는 것을 '가타하라 미쓰루'는 전부터 눈여겨봐두었다. 한밤중에 그녀의 집이 있는 4층에서 내려오자 '가타하라 미쓰루'는 그녀에게 티셔츠를 걷어올리고 가슴을 드러내라고 명령했다. '요시다 기미코'는 주위를 두리번거리며, 브래지어를 차지 않은 가슴을 이삼 초 정도 드러냈다가 금세 다시 내렸다.

"뭐 하는 거야, 그건 아니지. 하나도 안 보였어."

'요시다 기미코'가 '가타하라 미쓰루'의 목소리 크기에 놀라 허겁지겁 '쉿!' 하는 몸짓을 해 보였다. 그러고는 "……누가 오면 어떡해. ……"라며 고개를 저었다.

"오긴 누가 와, 이런 시간에. 오더라도 발소리로 금방 알 수 있어. 자, 빨리."

'요시다 기미코'는 또다시 주위로 눈길을 던지며 머뭇머뭇 두 손으로 티셔츠를 걷어올려 가슴 위로 내리눌렀다. 그 무게에 유방이 살짝 일그러지듯 툭 튀어나왔다.

"그대로 가만있어."

'가타하라 미쓰루'가 디지털카메라 셔터를 몇 번씩 눌러댔다. 수명이 다해 소리를 내는 형광등에, 모기 두 마리가 달라붙으려다 실패하고 날개를 파닥거렸다. 주위에 서린 타이어 냄새를 떨쳐내려는 양 플래시 불빛이 연달아 터졌다.

"이제 됐지? 응?"

무슨 인기척이 들렸는지, '요시다 기미코'가 '가타하라 미쓰루'의 대답을 기다리지 않고 티셔츠를 휙 끌어내려 가슴을 덮었다.

"아직이야! 아무도 없다니까!"

그렇게 말하며 입가를 일그러뜨리더니, '가타하라 미쓰루'는 '요시다 기미코'에게 다가와 입을 맞추며 가슴을 주물렀다. 그리고 티셔츠를 다시 가슴 위로 올리고 단단해진 유두에 달려들었다가 이어서 양쪽 어깨를 잡아 살짝 강제로 그녀의 무릎을 꿇렸다. 그리고는 운동복 바지를 내리고, 방금 막 타액에 젖어든 그 입에 반쯤 발기한 성기를 들이댔다.

"자, 빨아."

그는 자신의 대범함에 히죽거리며 성기를 덜렁덜렁 좌우로 흔들어 보였다. '요시다 기미코'는 한동안 말없이 그것을 바라보다가 이윽고 손을 뻗고 눈을 감으며 그것을 입에 물었다. '가타하라 미쓰루'는 다시 카메라를 들었다. 그리고 허리를 흔들며, 그녀를 몇 번이나 콜록거리게 만들며 사정하고, 입에서 정액이 흘러내리는 모습까지 계속 카메라에 담았다.

그후 두 사람은 빈번하게 야외촬영을 했다. 비와 호숫가와 교토고쇼, 오사카 성 같은 관광지부터 오사카 역 앞의 빨간색 관람차, 심지어는 지역 상점가, 시영버스 안, 공중화장실, 시민 수영장 등 장소는 가지각색이었다. 하지만 두 사람 다 아는 사람에게 목격당하는 것을 염려했기에 대부분은 차를 타고 멀리 나가서 찍었다. 모두 '가타하라 미쓰루'의 제안에 따른 것이었으며, '요시다 기미코'는 늘 그러듯 잠시 생각에 잠긴 모습을 보인 후 결국은 그를 따랐다. 상황을 보아 그냥 유방만 드러내 사진을 찍고 끝나는 경우도 있고, 성행위까지 이르러서 시작부터 끝까지를 전부 비디오에 담는 경우도 있었다.

'요시다 기미코'가 이러한 일련의 행위를 모두 '가타하라 미쓰루'에게 억지로 강요당했다고 생각하는 건 잘못이다. 형식상으로는 분명히 그랬지만, 이 시기 '요시다 기미코'가 '가타하라 미쓰루'의 곁을 떠나려 한 적은 단 한 번도 없었다.

그들과 같은 취미를 가진 이들 중에는 지나가는 사람을 향해 직접 나체를 드러내는 사람도 있지만 둘은 그러지 않았다. 언제나 그 자리에서는 남에게 들키지 않게 최대한 주의했다. 그러나 나중에 사진을 보면 거리 한복판에서 갑자기 스프링코트를 벗어던지고 알몸이 된 '요시다 기미코'를 멀리서 개와 산책 나온 중년 남자가 눈을 휘둥그레 뜨고 바라보는 모습이 같이 찍혀 있기도 했고, 그런 걸 발견하면 둘이서 큰 소리로 웃었다.

'요시다 기미코'는 이러한 행위의 재미를 이해하기 시작했다. 그녀는 자기의 흥분을, 비정상적으로 요동치는 심장박동을 통해 간단하고 확실하게 느낄 수 있었다. 속옷을 하나도 입지 않고 앞을 단추로 채우는 원피스 한 장만 걸치고서 차에서 내린다. 그리고 남들 눈을 피해, 기념촬영이라도 하는 분위기로 '가타하라 미쓰루'의 카메라를 향해 단추를 풀고 유방과 음부를 드러낸다. 그럴 때면 바깥 공기가 마치 사람의 손길처럼 생생하게 그녀의 육체를 스치고 지나갔다. 그리고 다시금 안으로 숨어든 그것은 흡사 성행위를 끝낸 후처럼 땀이 배고 뜨겁게 달아올랐다. 단지 나체를 야외에서 드러내는 것뿐이라면 두 사람이 그토록 많은 장소에서 같은 시도를 할 필요는 없었을지도 모른다. 그들의 취미 수위가 높아진 까닭은 그것이 사진으로 찍혀 손안에 증거로 남았기 때문이다.

날씨가 좋으면 '요시다 기미코'는 이따금 자전거로 출근했는데, 아파트 주차장으로 걸음을 옮길 때마다 그곳에서 자기와 '가타하라 미쓰루'의 모습을 목격하는 기분이 들곤 했다. 텔레비전에 교토고쇼나 오사카 성이 나올 때도 마찬가지였다. 그 장소에선 모두 마찬가지로 착실하게 규칙을 지키며 걷는다. 그곳에서 알몸이 되어본 사람은 자기 혼자일 게 틀림없다. 알몸이 수용되는 장소를 사적인 공간으로 한정한다면, 그때 그녀는 그 장소를 제멋대로 사사로이 쓴 셈이다. 그런 생각이 그녀의 마음을 들뜨게 했다. 누구의 허가도 없이 일시적으로 그 자리를 독점한 기분이었다. 알몸을 노출한 장소는 그렇게 그녀에게 특별한 의미를 가지게 되었다. 사진을 보고 풍경 속에 갑작스레 출현한 자신의 유방이나 음모를 주시하면서 장난기 어린 황홀감을 느꼈다.

거리를 걸으면서도, 학교 안을 돌아다니면서도 문득 눈에 들어온 평범한 장소에서 그녀는 나체를 드러내고픈 욕망을 느꼈다. 그곳에 남몰래 자신만의 표시를 해두었다가 태연한 얼굴로 원래대로 돌려놓고 싶었다.

입이 심심할 때 핸드백에서 눈깔사탕을 꺼내 혀로 천천히 녹여 먹듯이, 혼자 그런 망상을 즐기는 것이 언제부터인가 그녀의 버릇이 되었다.

12

얼굴 없는 나체들

결과적으로 사건이 우발적인 것이었는지 아니면 계획적인 것이었는지는 현재 진행중인 재판의 쟁점 중 하나이기도 하지만, 적어도 그날 '가타하라 미쓰루'가 '요시다 기미코'를 데리고 그곳으로 간 것 자체는 우연이 아니었다. 이것은 '가타하라 미쓰루'가 사전에 진입로를 확인해둔 것만 보아도 확실한 사실인데, 이에 더해 사건 전 두 사람 사이에서 벌어진 일이 전후사정의 이해를 도와준다.

시간 흐름에 따라 충실히 기록하자면 맨 처음 일어난 일은 다음과 같다.

2학기 중간고사를 준비하던 무렵부터 '요시다 기미코'는 매일같이 휴대전화에 들어오는 대량의 스팸메일에 시달렸다. 모두

'만남 사이트'의 광고였다. 그중 '열애 클럽'이라는 사이트에서 이용요금 지불을 요구하는, 이른바 '사기 청구'를 보낸 것이 있었다. 내용은 이렇다.

'귀하는 당 사이트의 이용요금을 반년간 미납한 상태입니다. 따라서 이 메일을 수신한 후 삼 일 이내에 지정 계좌로 이용요금 6만 엔(5천 엔×6개월+추징금 3만 엔)을 납부하지 않을 경우, 법률에 의거해 귀하의 매달 급여에서 강제 징수할 것이며, 직장 경리과에 연락을 취하겠습니다. 또한 납부가 확인된 경우에는 지금까지와 다름없이 당 사이트를 이용하실 수 있습니다.'

그녀는 이것을 자신과 '가타하라 미쓰루'가 이용했던 '순애 클럽'으로 착각한 것이다.

그녀는 '가타하라 미쓰루'를 만난 지 얼마 지나지 않아 이미 '순애 클럽'을 탈퇴했다. 원래 무료 사이트였으니 이용료 따위는 없을 테지만, 그런 의심스러운 사이트인 만큼 어떤 불합리한 시비를 걸어올지도 몰랐다. 그녀는 곧바로 아직 '즐겨찾기'에 있던 '순애 클럽'에 접속해보았으나 화면에는 '페이지를 찾을 수 없습니다'라는 문구만 떴다. 이미 사이트 자체가 폐쇄된 것이다.

'요시다 기미코'는 '미키'의 이름이 유일하게 공개된 그 사이트가 자취를 감추고 사라진 것이 기뻤다. 그래도 만약을 위해 이번에는 검색 엔진에 '미키 미치'라고 입력해서 '순애 클럽'을 찾아보기로 했다.

흔해빠진 닉네임이라 무려 1600개의 사이트가 떴다. 대충 훑어보았지만 모두 '순애 클럽'과는 관계가 없었다. 그런데 그러는 사이 몇몇 사이트가 유독 눈에 띄었다. '미키&미치'라는 이름이 여러 사이트에 등록되어 있었다. 그중 하나는 '백일몽—아마추어 야외노출 게시판'이라는 곳이었다.

'요시다 기미코'는 이때 사태를 거의 정확하게 예감했다. 곧바로 클릭했다. 흰색과 풀색을 기본 색조로 한 산뜻한 디자인이었지만, 광고나 '링크 사이트'에 보이는 사진들은 하나같이 외설적인 여자의 알몸이었다.

메뉴는 '실내 이미지 게시판' '야외 이미지 게시판' '체험고백 게시판' '비디오 작품'으로 세세하게 나뉘어져 있다.

그녀는 일단 '실내 이미지 게시판'부터 살펴보았다.

새 게시물은 하루에 서너 건 정도다. 제목과 게시자 이름, 게시 날짜, 최종 댓글 날짜, 조회 수, 댓글 수가 한눈에 볼 수 있게 나와 있고, 번호를 클릭하면 각각의 사진이 뜬다. 화면을 아래로 내리자 전날 게시물 중 '미키&미치'의 이름이 보였다. 제목은 '여교사의 숨겨진 얼굴 Part 13'이다. 페이지가 열렸다. 올려진 사진은 다섯 장이다.

사진 속 피사체의 얼굴은 모두 모자이크로 가려져 있다. 말

썽을 피하기 위해 관리자가 정해둔 게시 규정인 듯하다. 첫번째
는 여자가 팬티만 입고 양손으로 유방을 문지르며 침대에 똑바
로 누워 있는 사진이다. 두번째는 그 팬티를 벗는 모습. 세번째
는 무릎을 세우고 엎드린 자세로 카메라를 향해 성기를 드러낸
사진. 외음부는 과하지도 부족하지도 않게 모자이크 처리를 했
지만 음모와 항문은 또렷하게 찍혀 있다. 네번째는 맥주 캔을 한
손에 들고 의자에 앉아 있는 남자의 성기를 빨간 로프에 묶인 여
자가 빨고 있는 모습이다. 거울을 찍은 사진이라 남자는 정면이
나왔고 무릎을 꿇은 여자는 등만 보이지만, 살짝 뒤로 뺀 엉덩이
밑으로 바이브레이터 끄트머리가 엿보인다. 남자 얼굴은 플래시
불빛으로 지워져 있다. 다섯번째도 마찬가지로 거울을 찍은 것
인데, 이번에는 옆으로 선 남자가 여자를 무릎 꿇리고 입에 성기
를 물리고 있다. 남자의 얼굴은 역시 플래시 불빛 때문에 보이지
않는다. 여자의 얼굴과 남자의 성기에는 모자이크 처리가 되어
있다.

　게시자의 코멘트는 이렇다. "미치의 성욕 처리녀 미키입니다.
이번 글부터 다시 새로운 시리즈를 시작합니다. 댓글 늘 감사드
립니다. 미키도 여러분의 성원에 힘입어 점점 음란해지고 있습
니다. 가능한 한 여러분의 요청에 응하고 싶으니 모쪼록 감상을
들려주세요."

이에 대해 열일곱 건의 댓글이 있었다. 다음은 그 일부다. "첫 번째 사진의 가슴, 최고예요! 달려들어 빨고 싶어요!" / "미키 씨는 언제 봐도 아름답군요(^^) 엉덩이 구멍의 주름 하나하나까지 핥아주고 싶어요(^^)" / "미키, 최고! 이런 가슴을 독차지하다니, 미치 씨가 부럽습니다. 다음에는 내 그놈도 좀 끼워주세요 ㅋㅋ" / "미키 씨, 점점 더 음란해지는군요. 네번째 사진은 그야말로 남자의 꿈! 나도 이런 성욕 처리녀를 갖고 싶어요. 꽂혀 있는 바이브로 거기를 홍건하게 만들어주고 싶습니다!" / "가슴도 좋지만, 난 미키 씨의 엉덩이도 좋아합니다." / "허억허억(Д)" / "나도 이런 음란 교사한테 동정을 떼이고 싶었는데(^^) 학생들 포경 고추를 몇 명이나 빨아주셨나요?" / "아~ 미키, 오늘도 또 자위했어~! 한 번만이라도 좋으니 그 입술로 내 고추도 물어줘~!" / "멋진 몸매⋯⋯ 멋진 변태성⋯⋯ 미키 씨는 단연 이 게시판의 넘버원입니다(^0^)" / "AF* 또 올려주삼~~" / "아아아, 너무나 아름다운 몸⋯⋯ 미키 씨의 집인가요? 정말 부러운 몸⋯⋯ 소중히 아껴주세요. 중년 아저씨 팬으로부터"⋯⋯

사진 속 여자가 자신이라는 것은 금방 알았다. 촬영 장소는 여기 이 방이다. 순간적으로 뒤돌아본 침대의 모습이 사진과 완벽

---

* Anal Fuck, 항문 성교.

하게 똑같아서, 마치 지금도 이 방이 인터넷 세계에 훤히 노출되는 것 같았다. 남자는 물론 '가타하라 미쓰루'였다.

'미키&미치'의 첫 글은 사 개월 전으로 거슬러올라간다. 날짜는 그에게 처음으로 사진 촬영을 허락한 날 직후다.

게다가 '야외 이미지 게시판'에도 아홉 건이나 올라와 있었다. 역시 아파트 주차장에서 찍은 사진을 비롯해서 오사카 성과 교토고쇼에서의 알몸 노출, 그리고 가장 최근에 찍은 신칸센 화장실 안에서의 성행위까지 모조리 올라와 있었고, 오사카 성 사진에는 주를 달아 이때 같이 촬영한 DVD를 위탁판매한다고 써놓았다.

그날은 평일인 수요일이었다. '요시다 기미코'는 다음 날까지 내야 하는 중간고사 문제를 고민하면서, 새벽 세시 무렵까지 그 사이트 및 다른 곳에서도 '미키&미치'가 올린 같은 유의 게시물들을 찾아냈다.

처음에 느꼈던, 나무망치로 땅을 내리치듯이 딱딱하고 민첩한 심장박동이 차츰 가라앉자, 이어서 염증처럼 부어오른 느낌이 오래도록 가슴속을 가득 채웠다.

'요시다 기미코'는 얼굴 없는 자신의 나체를 유심히 바라보았다. 그녀만이 아니다. '가타하라 미쓰루'도, 글을 올린 다른 사람들도 모두 얼굴이 없었다. 단지 부품처럼 절단된 육체가 있을 뿐이다. 거기에는 인격과 전혀 관계없는 욕망의 대상이 다양하게 고루 진열되어 있다. 그리고 거기에 모여드는 남자들의 댓글 또한 얼굴 없는 나체의 말들이었다.

'요시다 기미코'는 자기의 심정을 가늠하기 어려웠다. '가타하라 미쓰루'의 무례함에 분개하는 마음은 있었다. 그렇지만 애당초 그에게 그런 인간적인 신용을 기대할 수 있었을까? 우리 관계는 결코 그런 것이 아니었다. 결국 '미키&미치'가 단순한 나체로서 함께 희롱거린 데 지나지 않는다. 그에 관해서는 그저 내 잘못을 탓하고 싶을 뿐이다. 이건 그나마 정리가 되는 감정이다. 그렇지만 지금 이 게시판에서 내가 처해 있는 상황은 어떻게 받아들여야 할까?

불과 몇 년 전이었다면 소름이 끼칠 정도로 불쾌했을 게 틀림없다. 신원도 모르는 어떤 남자가 밤낮으로 그녀의 알몸을 마음대로 감상하고, 망상을 부풀리며 자위에 열중한다. 그런 상상에 당황하는 게 당연했다. 그러나 지금은 어떤가? 그렇게 느껴야 한다고는 생각했다. 또한 애써 그렇게 느끼려고도 했다. 그러나 허둥지둥 컴퓨터 화면을 외면하거나, 화가 치밀어서 집에서 뛰쳐나가는 등의 충동은 도무지 일지 않았다. 그녀는 하염없이 바라보기만 했다. 그리고 마지막에는 컴퓨터의 '미키&미치'를 응시하고 댓글들을 읽으며 자위를 하기 시작했다.

나중에 알아차린 것인데, 조회한 사이트 중 가장 규모가 큰 '백일몽—아마추어 야외노출 게시판'에서 '미키&미치' 게시물 하나의 조회 수와 댓글 수는 각각 평균 2만 회와 20개 안팎으로, 다른 게시물에 비해 압도적이었다. 댓글이 가장 많았던 것은 비와 호숫가에서 빨간 로프에 묶인 그녀가 성기와 항문에 바이브레이터 두 개를 꽂은 채 엎드린 자세를 취한 사진이었는데, 조회 수 27132, 댓글 수 28에 달하는, 타의 추종을 불허하는 사이트 최고 기록이었다.

'미키&미치'는 요컨대 이 사이트의 유명인이었다. 그들에게는 '팬'이 있으며, 그녀의 알몸을 본 인간이 총 40만 명이 넘었고, 게다가 이를 간절히 기다리는 사람들도 몇만 명은 확실하게 넘었다. 그녀는 도무지 그 숫자를 실감할 수 없었다. 그리고 똑같이 글을 올려도 거의 아무도 거들떠보지 않는 나체도 꽤 많았다.

'요시다 기미코'는 자기 사진만이 아니라 다른 이들이 올린 사진도 하나하나 열심히 살펴보았다. 사진의 나체가 반드시 다 아름다운 것은 아니었다. 이미 아이를 몇이나 낳은 듯 볼썽사납게 처진 나체가 있는가 하면, 초로에 가까워 보이는 쇠미衰微한 나체도 있었다. 약간 비만인 사람, 비쩍 마른 사람, 가슴이 작은 사람, 가슴이 늘어진 사람, ……물론 몸매에 자신이 있어서 나체를 드러낸 사람도 있지만, 모두가 그렇지만은 않은 듯했다. 이런 것에 무슨 즐거움이 있을까? 그녀는 의아해했다. 나체들은 모자이크로 인해 얼굴에서 격리되고, 얼굴의 간섭 없이 그 자체로 출현했다. 지워진 얼굴은 단순히 신원을 감추는 것뿐 아니라 이렇듯 육체를 두드러지게 만들었고, 바로 그런 모습이 보는 이들에게 새로운 얼굴로 제공되었다. 그리고 그녀는 그중 어느 것과 비교해도 자신의 풍만한 몸에 결코 모자란 데가 없다고 느꼈고, 오히려 매우 자랑스러웠다.

이런 게시판의 분위기는 어딘지 모르게 애완동물 애호가의 그것과 비슷했다. 비싼 개를 데리고 거리를 산책하듯, 혹은 난금붕어나 툭눈금붕어의 품평회를 열듯, 게시자는 의기양양하게 자기 여자를 자랑했고 보는 이들은 그것을 극찬해주었다. '가타하라 미쓰루'는 영락없이 그 전형이었다. 그는 그곳에서 오직 그녀의 존재에 의해—그녀를 소유하고, 길들이고, 마음대로 다룰 수 있다는 사실만으로 남의 주목을 끌고 부러움을 샀다. 게시판에서 '미치'는 '미키'를 줄곧 '성욕 처리녀'로 불렀다. '미키'가 사람들의 상찬을 받을수록 그녀를 모욕적으로 다뤄 보이는 것이 그의 기쁨이었다.

'요시다 기미코'는 난데없이 떠안게 된 몇만에 이르는 인간의 욕망을 어떻게 받아들여야 할지 알 수가 없었다. 그때까지 그것은 단지 '가타하라 미쓰루'로 대표되었다. 그런데 그는 정말로 대표하고 있었던 것이다! 그가 그녀의 유방을 집요하게 빨았을 때, 그 혀는 수만 개 중 하나였다. 그의 성기가 그녀의 성기로 비집고 들어와 사정했을 때, 그 몇 방울의 정액은 몇만 개의 성기에서 압축된 것이었다. 그녀는 그런 나체를 옷 아래 감추고 평상시와 똑같은 얼굴로 동료 교사와 학생 들을 대했다. 그리고 그런 그녀의 얼굴은 누구 한 사람 거들떠보지 않았었다.

'요시다 기미코'는 당장 '가타하라 미쓰루'를 막아야 할지 어떨지 깊은 생각에 잠겼다. '가타하라 미쓰루'에게 그랬듯이 그녀에게도 '미키'는 일종의 애완동물이었다. 게다가 실제로 소유하고 있는 사람은 당연히 그가 아니라 그녀다. 그녀에게 우월감이 없었다면 거짓이리라. 그녀는 다른 여자의 나체를 보고서 자신의 나체를 한층 더 사랑하게 되었다. 그리고 몇천 명이나 되는 남자들의 욕망의 표적이 된 것을 알고 스스로에게 자신감을 가졌다. '가타하라 미쓰루'에게도—처음 만난 날 오만하게 불만을 드러냈던 '가타하라 미쓰루'에게도 이제 더는 비굴한 감정을 품을 필요가 없었다. 그 몇천 명의 남자들 중 구태여 '가타하라 미쓰루'를 택해야 할 이유는 전혀 없다. 지금처럼 오로지 쾌감을 탐하는 성교만 놓고 보더라도 그보다 나은 남자가 얼마든지 있을 거라는 생각이 들었다.

그주 주말, '요시다 기미코'는 '가타하라 미쓰루'를 따라 난생

처음 오사카에 있는 SM호텔을 찾았다. 겉으로는 러브호텔이지만 사람을 가두는 우리와 사지 결박용 구속도구, 거기에 채찍과 양초 등이 갖춰져 있으며, 찾아오는 손님은 반쯤 재미 삼아 이용해보는 일반적인 젊은 남녀가 대부분이었다.

'요시다 기미코'는 그 사이트에 관해 아무 말도 하지 않았다. 정확히 말하자면 말할지 말지 결정을 내리지 못한 상태였다.

'가타하라 미쓰루'는 호텔에 들어가자 이날을 위해 새로 구입한 투명 바이브레이터를 가방 속에서 꺼내더니, 곧 카메라를 준비하고 서둘러 그녀의 옷을 벗겼다. 그리고 자기는 옷을 그대로 입은 채로 분만대를 본뜬 듯한 검은색 침대 위에 그녀를 눕히고 양쪽 팔다리를 가죽 벨트로 묶었다.

'가타하라 미쓰루'는 이날 들뜨다시피 신이 나 있었다. 그는 이 호텔에 오는 것을 예전부터 기대했었는데, '요시다 기미코'는 그 이유를 알고 있었다. '백일몽'이 아닌 또다른 사이트에서 '미키'와 맞먹을 정도의 인기를 모으는, 아직 십대로 착각할 만한 구릿빛 피부의 젊은 여자가 이곳으로 보이는 호텔에서 일련의 성행위를 한 것을 보았기 때문이다. '가타하라 미쓰루'는 보나마나 '요시다 기미코'가 그 나체를 따라 하게 만들 속셈이었다.

벽을 콘크리트로 마감한 방은 왠지 폐허처럼 냉랭한 인상이었고, 소리가 잘 울려퍼졌다.

치과에 있는 것과 비슷한 조명이 왼쪽에서 그녀의 얼굴로 내리비쳤다. 그녀는 별다른 생각 없이 그 조명을 바라보고 있었다.

"흥분했지? 여기가 벌써 흥건한데."

'가타하라 미쓰루'가 이미 돌아가기 시작한 비디오카메라를 한 손에 들고, 비어 있는 왼손으로 그녀의 성기를 만지작거리기 시작했다. 통증 때문에 무심코 허리를 뒤로 뺐다. 그의 말과 반대로 성기가 전혀 젖지 않았다는 것을 그녀는 자각했다. '가타하라 미쓰루'도 그것을 알아챘지만 애써 부정하듯, "변함없이 야한 가슴이야. 이렇게 밝히는 젖가슴을 가지고 잘도 학생들 앞에 서는군"이라며 유방을 쥐어짜듯 움켜쥐었다. 그러고는 "응? 이것 좀 봐"라며 흔들어 보였다.

'요시다 기미코'는 물끄러미 조명을 바라보고 있었다. 미간에 희미하게 주름이 잡혔지만 그것은 쾌감 때문이 아니라 훨씬 무기질적인 통증 때문이었다. '가타하라 미쓰루'는 눈에 띄게 안달하기 시작했다. 불만스러운 표정으로 그녀의 사타구니 사이를 비집고 들어오더니 소리 내어 성기 전체를 핥아댔다. 잠시 후 입을 훔치며 일어선 그는 고장난 장난감에 짜증이 난 아이처럼 "뭐야? 왜 이렇게 뚱해?"라며 비디오를 멈추고 카메라를 옆에 내려놓고서는 고함을 질렀다.

'요시다 기미코'는 그제야 간신히 조명에서 시선을 돌려 격앙

된 그를 바라보았다. 눈동자에 잔상이 강하게 남아서 그의 표정이 멀게 느껴졌다. 무슨 말을 해야 좋을지 몰랐다. 구속된 채로, 게다가 아무 반응 없이 드러누워 있는 육체에서는 그녀 자신이 의도하지 않았던 불손함이 묻어났다.

"뭐야? 할 말이 있으면 해봐!"

'가타하라 미쓰루'가 소리를 지르며 그녀에게 덮쳐들더니 오른손으로 목을 졸랐다.

"야, 말해! 내 자지, 빨고 싶지? 어?"

왼손으로만 힘겹게 벨트를 풀어 무릎까지 바지를 내리고, 고개 숙인 성기를 그녀의 뺨에 밀어붙이더니, "빨아! 빨리 빨아!" 하며 있는 힘껏 뺨을 움켜쥐었다. 그녀는 통증 때문에 자기도 모르게 입을 벌렸다. 그는 얼굴을 옆으로 돌리고 곧바로 입안으로 성기를 밀어넣더니 난폭하게 허리를 움직였다. 두 손으로 머리카락을 쥐어뜯을 듯이 움켜쥐고, 나아가 그녀의 머리를 앞뒤로 흔들어댔다. 성기는 차츰 타액에 젖어갔지만 발기할 기미는 없었다. 입안에 대가리를 절반쯤 박은 채로 몸을 꿈틀꿈틀 비틀고, 그녀가 심하게 콜록거리자 몇 번인가 맥없이 쑥 빠져버렸다. 그것이 그가 한층 굴욕을 느끼게 만들었다.

다리를 버둥거리며 바지와 신발도 벗어던졌다. '가타하라 미쓰루'는 이마에 땀을 흘리며 그녀의 입에 음경 뿌리까지 밀어넣고 무성한 음모를 얼굴에 문질러가며, "뭐 해, 혀를 좀더 쓰라니까!"라고 노호를 퍼부었다. '요시다 기미코'는 숨이 막혀 사지에 잔뜩 힘을 주었고, 처음으로 가죽 벨트가 살에 강하게 파고드는 느낌을 받았다. 신음소리를 내며 머리를 움직이려 했다. 그 소리의 진동이 성기에 닿는 순간 '가타하라 미쓰루'는 끝내 발기하지 못한 채, 허를 찔린 듯 맥없이 묵직하게 정액을 흘렸다. 그는 경련도 뭣도 없이 요도에 불쾌한 잔뇨감만 남긴 채 사정이 끝나버린 것에 혀를 차며 성기를 빼냈다. 그러더니 '요시다 기미코'의 머리를 집어던지듯 내동댕이치고, "빌어먹을, 까불지 마!"라며 침대 옆을 걷어찼다. 그러고는 사이드테이블 위에 있던 텔레비전 리모컨을 집어들어 벌거벗은 '요시다 기미코'의 몸에다 내던졌다. 복부에 맞았다가 콘크리트 바닥으로 떨어진 그것에서 건전지 뚜껑이 튕겨져나가며 알맹이가 튀어나오는 소리가 울려퍼졌다. '요시다 기미코'는 눈이 부신 듯이 조명을 피하면서, 입에서 정액이 흘러나오게 내버려두었다.

십오 분가량 그대로 있었다. '요시다 기미코'의 속눈썹은 젖었다 다시 마른 것처럼 뻑뻑했지만, 그게 울었기 때문인지 단순히 콜록거렸기 때문인지는 그녀도 알 수 없었다. '가타하라 미쓰루'는 아랫도리만 벗은 채 맥주를 마시고 담배를 한 대 피웠다. 사정을 해서 감정이 누그러지고 나니 구속된 채 얼굴을 반대쪽으로 돌리고 누워 있는 '요시다 기미코'의 육체가 조금 두렵게 다가왔다.

일부러 그러는 것처럼 맨발 소리를 내며 다가가 얼굴을 살피더니 양쪽 팔다리의 벨트를 풀어주고, "왜 그래? 몸이라도 안 좋아? 그런 거지? 응? 안색이 안 좋은데"라며 농담을 하듯 비위를 맞췄다.

땀이 난 등이 침대를 감싼 검은색 합성가죽에 착 들러붙어 있었다. 입가를 닦으며 몸을 일으킨 '요시다 기미코'는 고개를 살짝 끄덕이고 침대로 가서 이불 안으로 파고들었다. 말끔하게 깔려 있는 시트가 몹시 차가웠다.

"에이, 그럼 말을 해야지. 갑자기 그러니까 놀랐잖아."

'가타하라 미쓰루'가 마음이 놓인 듯이 말했다. 그로서는 당연히 그렇게 믿을 수밖에 없었다.

윗도리를 벗고 같이 알몸이 되어 이불 안으로 파고들었다.

"몸이 안 좋을 때는 확실하게 말해야 돼."

다짐을 두듯 그렇게 말하고는 어색함을 주체하지 못해 머리맡에 있는 담배를 집었다. 머잖아 '요시다 기미코'는 허풍스럽게 뿜어낸 그 연기가 뜸을 들이며 등 돌린 그녀의 얼굴 쪽으로 서서히 낮게 깔려오는 것을 느꼈다.

쥐 죽은 듯 고요한 방에 옆방 여자의 신음소리가 울려퍼지기 시작했다. '가타하라 미쓰루'가 "어?" 하며 소리가 나는 벽 쪽으로 눈길을 던지더니, "소리 무지 크네. 너도 저 정도겠지?"라며 능글맞게 웃었다.

'요시다 기미코'는 몸을 돌려 위를 보고 누웠지만 표정은 변하지 않았다.

"배 아파?"

"……아냐, ……괜찮아."

'가타하라 미쓰루'는 '요시다 기미코'가 기분이 언짢은 이유를 알 수가 없었다. 그러나 적어도 심경에 무슨 변화가 생긴 것만은 짐작이 갔다. 그것을 말려보려 했던 것일까?—

'요시다 기미코'는 나중에 돌이켜볼수록 '가타하라 미쓰루'를 우습고 딱한 인간이라 생각했지만, 그의 온갖 파렴치한 언동도 다음 한마디를 꺼냈을 때에 비하면 그나마 몇 배는 나았다.

'가타하라 미쓰루'는 걱정에 가슴을 두근거리며, "저어, ……할 얘기가 있는데, ……" 하고 평소와 달리 작은 목소리로 입을 열었다.

'요시다 기미코'는 고개를 들었다. 손이 떨려서 담뱃재가 뚝뚝 떨어지는 것을 그녀는 알아차렸다. 눈에는 여전히 조명의 잔상이 남아 있었다. 옆방 여자가 내는 소리는 흔들리며 길게 꼬리를 끌다가, 마지막에 그 꼬리를 바짝 치켜세웠다. 바로 그 타이밍에

'가타하라 미쓰루'가 나지막이 중얼거렸다.

"으음, ……우리 결혼할까?"

13

사건 전

새로운 한 주가 시작되는 아침, 평상시처럼 출근해서 수업 시간 변경을 알리는 화이트보드 앞에 선 '요시다 기미코'는 얼굴을 찡그리며 고개를 갸웃거렸다.

잠에서 깼을 때부터 시야에 줄곧 위화감이 느껴졌다. 처음에는 콘택트렌즈를 끼고 자서 그런가 했는데 아니었다. 만약을 위해 오늘은 안경을 쓰고 왔지만, 운전하는 중에도 묘한 느낌이 들었다.

글씨를 읽으려고 바라봐도 곧바로 초점이 흐려졌다. 한동안 응시하고 있으면 서서히 시야가 밝아졌지만, 눈을 깜박이면 다시 원래대로 돌아가버렸다. 그러고 보니 이 년 전 안과에서 다래끼를 쨌을 때도 시술 후 한 시간 정도 이랬다. 그때는 연고 때문이었다.

눈을 한 번 꼭 감았다 뜬 순간, 그녀는 '어라' 싶었다. 그래서 이번에는 빠르게 여러 번 깜박거렸다. 그때마다 둥그런 그림자 같은 것이 어른거렸다. 실눈을 뜨고 그 애매한 상像을 포착하려 하자 돌연 검은 얼룩 같은 게 떠올랐다.

고개를 갸웃거리며 교무실에 들어가 교감에게 인사를 하고 출근부에 도장을 찍었다.

"안녕하세요. 잠은 다 깼나요?"

학생들이 '풍선'이라는 별명을 붙인 대머리 교감이 의아해하는 표정으로 그녀를 올려다보았다.

"아, 네, ……죄송합니다."

그렇게 말하며 고개를 살짝 숙이고, 그대로 땅을 본 채 자기 자리로 걸어갔다.

자리에 앉아 책상 위를 정리한 후, 수첩의 백지 페이지를 펼쳐서 다시 한번 눈의 상태를 확인했다.

이번에는 한쪽씩 눈을 감아보았다. 그리고 왼쪽 눈을 깜박일 때만 그림자가 나타난다는 것을 알아차렸다. 그녀는 핸드백에서 콤팩트를 꺼내 거울로 왼쪽 눈을 확인했다. 딱히 별다른 기미는 없었다.

가만히 눈을 감고 있으면 아무것도 보이지 않았다. 그러나 조금 의식적으로 뭔가가 있을 듯한 쪽에 초점을 맞추면 또다시 조금 전에 본 원이 떠올랐고, 게다가 그것이 어른어른 꿈틀거리는 게 보였다. 미동하는 것은 아마도 피일 것이다. 눈 어딘가에 상처가 난 듯했다. 그녀는 불안에 휩싸여 손으로 눈꺼풀을 눌러보기도 하고 살짝 문질러보기도 했다. 그렇게 하면 핏덩어리가 주위 혈관으로 흘러들 것 같아서였다.

여덟시 이십오분에 직원 조례가 시작된 후에도 그녀는 줄곧 그 그림자에 정신이 팔려 있었다.

"······오늘 방과 후 네시 반부터 교실 환경미화 회의가 있으니 각 반 학급위원에게 전달해주십시오. 그리고 축제 바자회 건 말인데, ······"

현실이 자기와의 사이에 막을 쳐버린 듯, 직접 접촉하는 느낌이 들지 않았다.

며칠 지켜봤지만 증상은 개선되지 않았다. 원래 눈이 좋지는 않았으나 그뒤로 좌우 시력에 극단적으로 차이가 생긴 듯했고, 그것이 그녀를 지치게 만들었다. 흰 것이나 밝은 것을 보면 배경에 원이 선명하게 떠올랐다. 점심시간에 파란 하늘을 올려다보았다가 거기에 검고 거대한 태양 같은 게 떠 있는 광경에 순간 오싹해졌다.

밤이 되면 잠들 때까지 그것이 눈꺼풀 안쪽에서 계속 그녀를 지켜보았다. 핏덩어리라는 것은 일찌감치 알아차렸지만, 그래서 그 꿈틀거림이 더욱 불안하게 느껴졌다. 낮에는 도장을 찍은 듯이 말끔한 동그라미였던 것이 밤이 되면 두 조각 정도로 나뉘어졌고, 그 잔해가 묘하게 반짝거리며 끊임없이 흔들거렸다. 잠이 오지 않아서 눈을 뜨면 순간적으로 시야에서 자취를 감춘다. 똑같은 어둠 속이라도 단지 그 얼룩이 있느냐 없느냐로 눈꺼풀이 감겨 있는지 뜨여 있는지 알 수 있었다.

목요일이 되어서야 간신히 수업이 없는 3, 4교시에 허가를 얻어 안과에 갔더니, 의사는 안구 뒤쪽에 미량의 출혈이 있긴 하지만 "안정하면 차츰 좋아집니다"라고 했다.

병원에서 "뭐 짚이는 건 없나요?"라고 물어서, 그녀는 치과에 갔을 때 조명에 눈이 부셨다고 거짓말을 했다. 의사가 의아해하면서도 그 말을 진료기록 카드에 적어넣어서, 그녀는 한편으로 건강보험증에 그런 통원기록이 없다는 점을 걱정했다.

지난 주말에 갔던 호텔의 조명이 원인이라는 것은 이미 알아챘다. 그게 가능한지 어떤지는 모르겠지만 그것 말고는 달리 떠오르는 게 없었다. 나는 왜 그때 뭐에 홀리기라도 한 것처럼 그 불빛을 뚫어져라 쳐다보았을까? 그녀는 후회와 함께 수없이 자문해보았다. 그러면 필연적으로 그날 있었던 모든 일들이 다시금 떠올랐다.

'요시다 기미코'는 그날 자기 기분이 언짢았던 이유를 곰곰이 생각해보았다. 오늘 생리가 시작됐는데 혹시 이것 때문이었나 하는 생각도 들었다. 어쨌든 그가 아무리 몸을 만져도 단지 물리적인 자극에 그칠 뿐 도무지 성적인 것으로 변환되지 않았다. 마치 수만 명의 인간에게 농락당한 것을 그녀 자신이 전혀 눈치채지 못했던 것처럼, 모르는 사이 목 아래의 감각이 사라지고 육체는 인터넷에 흩뿌려진 이미지 파일이 되어버린 것 같았다.

그녀는 '가타하라 미쓰루'가 입에 올린 '결혼'이라는 말을 멍하니 반추했다. 그녀는 그 말에 '어?' 하는 표정만 지어 보였다. 그는 매우 민감하게 그 반응의 의미를 알아채고, "농담이야. 웃으라고 한 말이라고. 뭘 그렇게 정색해?"라며 코웃음을 치더니 다시 담배를 피웠다.

정말 농담이었을까? ―그건 아닐 것이다. 사실 '가타하라 미쓰루'는 진심으로 그런 생각을 하고 있었다.

연애감정이 성행위라는 결과에 이르는 것을 사람들은 자연스럽게 받아들인다. 그 연결은 자명하다. 그렇다면 처음에 단지 성행위만 있었을 때, 그 자명함이 거꾸로 연애감정 비슷한 뭔가를 날조해낼 수는 없을까?

'가타하라 미쓰루'는 처음에는 오직 '미키'만 원했다. 그가 원한 것은 '성욕 처리녀'이자 얼굴 없는 나체였다. 그런 식으로 여자를 다루고 그 얼굴을 능욕하고 싶다는 게 그의 일관된 바람이었다. 그리고 언젠가 어느 멍청한 남자가, 아무것도 모른 채 자기 정액을 수없이 칠했던 이 여자의 얼굴을 사랑하고 결혼할 거라 생각하면 큰 소리로 웃어젖히고 싶은 기분이 들었다. 그러나 칠 개월 넘게 그녀와 시간을 보내고 나자 그는 이 관계를 무한히 연장하고 싶어졌다. 처음 느꼈던 바람이 그 동기에 여전히 지속된 것은 틀림없다. 이렇게 뭐든 시키는 대로 따르는 '성욕 처리녀'를 평생 가까이 두고 싶은 마음이었다. 그는 인터넷 세계 속의 '미키'가 자랑스러웠다. 그 가치를 인정받고 자랑할 수 있다는 기쁨이 그를 더없이 유쾌하게 해주었다. 동시에 그는 어느새 그녀의 얼굴까지 원하게 되었다. 그것을 단지 팽대한 익명의 나체에 붙은 제품 번호로만 보는 게 아니라, 그 거짓까지 모두 소유하고 싶은 충동에 사로잡혔다. 그리고 자기가 아닌 다른 누군가가 그 얼굴에 사정한 후 만족스럽게 싱글거리는 모습을 떠올리면 기분이 나빴다.

둘의 관계를 좀더 공공연하게 만들고 싶었다. 그런 뒤에까지 그녀의 얼굴이 언제나 정액으로 범벅이 되어 있다면 좋을 리 없었다. 거리에서는 어디에 내놔도 부끄럽지 않은 말짱한 얼굴로 자기와 나란히 걷길 원했다. 그것은 결국 거짓이다. 그러나 그는 이제 거짓 포옹과 입맞춤도 받고 싶다는 욕망을 느끼기 시작했다.

그는 자기에게는 거짓으로 시작해 여자에게 도달하는 길이 없음을 자각했다. 그렇다면 **진정한 모습**으로 이르는 수밖에 없다. 지금 그에게 그것을 실현시켜줄 만한 존재는 '요시다 기미코' 말고는 없었다. 따라서 그가 가장 두려워한 것은, '요시다 기미코'가 '미키'를 데리고 혼자서 그 거짓의 세계로 돌아가버리는 것이었다.

'요시다 기미코'는 '가타하라 미쓰루'의 그런 속내를 잘 몰랐다. 세상에는 거리에서 소녀를 유괴해 감금하고, 몇 년씩 자기의 '성욕 처리녀'로 삼는 남자도 있다. 결혼하고 싶다는 말은 단지 그런 짓을 공공연하게 하고 싶다는 뜻일까? 예의 사이트에는 부부로 보이는 남녀도 적잖게 눈에 띄었다. 그런 짓을 취미 삼아 함께 즐길 수 있다면 그것도 나름대로 좋을지도 모른다. 그렇지만 그것은 그녀가 동경해온 지극히 바람직한 형태의 결혼과는 확연히 달랐다.

그녀에게 '가타하라 미쓰루'의 존재가 귀중했던 것은 그가 '요시다 기미코'의 생활과 아무런 관련이 없기 때문이었다. 무엇을 하든 **진정한 자기**와는 전혀 관계가 없다. 바로 그 때문에 의미가 있었다. 그런데 결혼이라니……

'가타하라 미쓰루'와 결혼한다는 것은 어떤 일일까? 그것은 자기가 정말로 '미키'가 되어버린다는 뜻이 아닐까? 나는 어디까지나 '요시다 기미코'다. 그러는 한편으로 '미키'라는 음란한 여자를 일시적으로 연기하기를 즐겼다. 그것이 지금 역전되려 한다. 나 자신이 '미키'라는 것. '미키'의 지배하에 들어가서, '미키'가 오히려 '요시다 기미코'를 연기한다는 것. 아니, 그것은 어쩌면 이미 오래전부터 벌어진 사태가 아닐까?

여느 때와 다름없이 '요시다 기미코'의 자기 분석은 이 정도까지 명료하게 정리되지는 않았지만, 복잡하게 뒤얽힌 실타래 같은 속마음을 한 올 한 올 풀어내면 대략 이런 것이었다. 물론 중요한 것은 그녀가 그것을 모두 완전하게 파악하지는 못했다는 사실이다.

한편, 느끼는 것에 정직하고 민감했던 그녀는 그날 자기의 기분에 '가타하라 미쓰루'에 대한 좀더 복잡한 감정이 얽혀 있었음을 막연하게 알아챘다.

확실히 그녀는 자기가 인터넷상의 다른 여자 대용으로 취급당하는 게 기분 좋지는 않았다. 그것은 인터넷상에서 인기를 양분하고 있는 상대에 대한 일종의 경쟁심이었다. 그러나 그 여자가 다름아닌 '가타하라 미쓰루'를 매혹시켰다는 점에는 과연 아무 의미가 없을까? 질투일까? 그녀는 인터넷상의 자기 인기에 당황하는 한편, 결국 그것을 '가타하라 미쓰루'가 공개했다는 사실에 실망했던 것은 아닐까?

애정이 있었는가? 이 물음은 언제든 애매하다. 그러나 없었느냐는 물음에는 사람들은 얼마간 답을 얻을 수 있을 것이다. '가타하라 미쓰루'의 **프러포즈**는 그녀에게 그 대답을 요구했던 것이 아닐까? 그리고 그녀는 역시나 그것을 위험하고 당치않은 생각이라고 느낄 수밖에 없었다.

생리를 이유로 '요시다 기미코'는 그주 주말에 '가타하라 미쓰루'를 만나지 않았다. 그도 동의했다. 둘이 함께 보내지 않는 주말은 오랜만이었다. 그다음 주말에도 학교 체육대회가 있어서, 두 사람은 대체 휴일인 다음 날 월요일에 만나기로 약속했다. '가타하라 미쓰루'는 그날 휴가를 내기로 했다. 이것이 사건 당일이다. 결과적으로 둘이 함께 보내는 주말은 그후로 두 번 다시 찾아오지 않는다.

14

사건

'가타하라 미쓰루'는 그날 약속시간인 오전 열시보다 이십 분쯤 늦게 자기 차로 '요시다 기미코'의 집에 왔다. 그녀의 휴대전화에는 운전중에 급히 보낸 듯한, '좀 늦어'라는 무뚝뚝한 메시지가 와 있었다.

벨이 울려서 외시경으로 확인하고 문을 열자, 그는 벌써부터 비디오카메라를 돌리고 있었다. 밖은 밝았다. 여전히 사라지지 않은 그녀 시야의 검은 원 안으로 '가타하라 미쓰루'가 들어왔다. 그녀는 "앗" 하고 놀라는 바람에 발이 샌들에서 미끄러졌지만, 찍히고 있다는 의식이 뒷말을 막아버렸다. 그리고 이 주 만에 재회하는 기묘한 느낌에 어색하게 웃어 보였다.

쓸데없는 소리가 들어가는 걸 원치 않는지, '가타하라 미쓰루'

도 말없이 옅은 미소만 지었다.

"……벌써 찍는 거야?"

마루로 올라선 '요시다 기미코'가 그제야 확인하듯 작은 소리로 물었다. '가타하라 미쓰루'는 모니터를 보며 고개를 두 번 끄덕였다. 그러고는 운동화 뒤축을 번갈아 밟으며 벗어던지더니 그대로 안으로 들어왔다.

"저기, 잠깐만 멈춰주면 안 돼? ……응?"

'요시다 기미코'가 경직이 풀리다 만 웃는 얼굴로 말했다. '가타하라 미쓰루'는 그 모습이 재미있는지 또다시 코웃음을 쳤다. 그리고 부엌을 지나자마자 대뜸 말했다.

"빨아."

"응? ……"

"자지, 빨라고."

그는 눈앞의 그녀에게는 눈길 한 번 주지 않고, 오로지 모니터 속의 그녀에게만 시선을 집중했다.

"어, ……지금?"

"그래, 지금. 뭐 어때. 오랜만이라 꽉 찼어. 한 번 빼줘."

'요시다 기미코'는 그의 진의를 가늠하기 어려웠다. 지난번 프러포즈가 쑥스러워서일까? 아니면 그것은 어디까지나 농담이고, 나는 너를 '성욕 처리녀'로밖에 보지 않는다는 것을 드러내려는 걸까? 그것도 아니면, 그런 일은 이미 까맣게 잊어버린 걸까? 평소와 마찬가지로 그녀는 고개를 살짝 숙이고 생각에 잠긴 눈치를 보였다. '가타하라 미쓰루'는 이럴 때 그녀가 결국에는 자기 요구를 들어준다는 것을 알고 있었다. 이때도 통하지 않을 거라는 두려움은 없었다. 그때는 그때대로 생각이 있었다.

아니나 다를까 그녀가 모니터 밑으로 내려가는 게 보였다. 서둘러 따라가자, 벨트 버클을 손으로 풀기 시작하는 모습이 다시 잡혔다.

트렁크스와 함께 청바지를 무릎까지 내린 '요시다 기미코'는 지난 팔 개월 동안 그에게 배운 방법대로 성기를 빨았다. 원래 그녀는 그 외의 방법을 몰랐다.

이 주 전과 달리 '가타하라 미쓰루'의 성기는 잘린 나뭇가지가 단면을 남긴 채 다시 뻗어나오듯 단단하게 발기해 있었다. 머리 위에서 이따금 "아아, ……" 하는 신음소리가 흘러나오고, "여길 봐, 얼른"이라며 그녀의 얼굴을 테이프에 담으려 재촉하는 소리가 들려왔다. 그녀는 저항하지 않고 그 말에 따랐다.

그는 여느 때와 다름없이 이따금 난폭하게 허리를 움직였지만, 카메라를 신경 쓴 탓인지 집요하지는 않았다. 잠시 후 그는 그녀의 입안에 사정했다. 그녀는 그것을 입 밖으로 흐르지 않게 빨아들여 삼킨 후, 역시나 그에게 배운 대로 타액과 정액의 자취로 젖어 있는 성기를 혀로 정성스레 핥아나갔다.

'가타하라 미쓰루'가 "아, 기분 좋다. ……엄청 나왔네. ……"
하고는 "……다 삼켰어?"라고 물었다.

그녀는 따분한 듯 손가락으로 가볍게 입가를 훔치고 고개를
들더니, "……응"이라고 대답했다.

'가타하라 미쓰루'가 씩 웃으며 말했다.

"바지 올려. 나가자."

'요시다 기미코'는 또다시 그가 시킨 대로 바지를 입혀주며 물
었다.

"어디 가는데?"

'가타하라 미쓰루'의 성기는 여전히 그녀의 타액에 젖은 채,
짙은 초록색 체크무늬 트렁크스 안으로 들어갔다.

"비밀이야."

"어딘데?"

"재미있는 곳. 오랜만에 밖에서 놀자."

'가타하라 미쓰루'가 바지 위로 자기 성기를 긁적거렸다.

'밖에서 놀자'는 말은 그가 '야외노출'을 하러 나갈 때 으레 꺼
내는 상투어였다.

'요시다 기미코'는 한동안 무릎을 꿇고 앉아 있다가, 그가 "자,
어서"라며 끌어당기는 바람에 자리에서 일어섰다.

"그런 차림새는 안 돼. 바로 벗을 수 있는 옷으로 갈아입어."

그러더니 비디오카메라를 멈추고, 그날 처음으로 그녀를 똑바로 쳐다보며 웃었다.

'요시다 기미코'는 이날 '가타하라 미쓰루'와의 관계를 청산할 생각이었다. 일부러 휴가까지 내고 온다고 하니 그도 뭔가 진지한 이야기를 할 생각이겠지. 그렇게 생각했다. 그런데 오자마자 비디오를 찍기 시작하고 전과 하나도 다를 데 없는 태도를 보이는 게 그녀는 의아했다. 그의 요구에 따랐던 이유에는 여러 가지 감정이 얽혀 있었다. 이것이 마지막일지도 모른다고 생각했다. 카메라가 지니는 기묘한 강제성도 있었다. 그러나 다른 무엇보다, 그녀는 이때 처음으로 '가타하라 미쓰루'에게 공포감을 느꼈다.

'요시다 기미코'는 그의 눈앞에서 옷을 전부 벗고, 그 위에 흰색 하이넥 스웨터와 짧은 검은색 치마만 입었다. 치마를 입으려고 몸을 앞으로 수그린 순간 두 개의 유방이 묵직하게 아래로 쏠리는 모습을 본 '가타하라 미쓰루'가 말했다.

"여전히 멋진 가슴이군. 이따 실컷 만져줄게."

두 사람이 자동차로 이동한 시간은 고작해야 십오 분 정도였지만, 그동안 '가타하라 미쓰루'는 한마디 말 없이 줄곧 담배만 피웠다. 살짝 열어둔 창으로 바깥 소리가 흘러들었다. 평일 낮이라 차도 적고 매우 조용했다.

"도착했어."

차가 멈춰선 곳은 초등학교 옆에 있는 편의점 주차장이었다.

"여기?"

"그래." 시동을 끄고 키를 빼면서 "저 학교야"라고 말했다. 그
이상의 질문을 허락하지 않겠다는 듯이 일부러 조급하게 구는
눈치였다.

"어? 학교?"

"그래."

"아, ……안 돼, 그건."

"왜?"

"……나도 일단은 선생이잖아. ……"

"그래서 뭐?"

강하게 되받아치는 말투로 그가 물었다.

"지금까지도 선생답지 않은 짓을 숱하게 해왔잖아? 학교 밖에
서 하면 괜찮다는 건가? 마찬가지잖아."

'가타하라 미쓰루'가 조소하듯 웃어 보였다.

'요시다 기미코'는 직업윤리라는 것에 관해 그리 심각하게 생
각해본 적이 없었다. 그렇지만 이번 제안은 도저히 받아들이기
힘들게 느껴져서, 평소처럼 곧바로 동의하지 않았다.

"너무 심한 거 아니야? 그런 말은……" 그녀가 간신히 말을

이었다.

최근에 산 듯 처음 보는 밀리터리무늬 배낭 안을 확인하면서 그가 코웃음을 쳤다.

"그깟 일로 열 내지 마. 아직도 생리중이냐? 왜 그렇게 날카롭게 굴어? 지금까지 하던 거랑 똑같잖아?"

'요시다 기미코'가 입을 다물었다. 차 안은 또다시 이 주 전의 러브호텔 방처럼 쥐죽은 듯 가라앉았다.

"……그렇지만 틀림없이 들킬 거야. 요즘 학교는 경비가 엄해. 우리 중학교도 그렇고. ……수위 아저씨도 있는데, 어떻게 들어가?"

"그쯤이야 간단해. 난 여기 졸업생이라 이 학교를 훤히 알아. 소각로 뒤쪽에 쓰레기 수거하러 들어오는 입구가 있으니까 그리로 들어가면 돼."

"모교야?"

"그래. 노스탤지어지, 노스탤지어. 옛날에 내가 뛰놀던 곳에서 네가 알몸이 되면 무지 재미있을 것 같지 않냐?"

"……그렇지만, ……"

'요시다 기미코'는 이쯤에서 큰맘 먹고 얘기해버릴까 생각했다. 인터넷 사이트 게시판, 지난번의 **프러포즈**, 그리고 두 사람의 앞일에 관한 이야기도. 여기서, ―여기까지로 이젠 모두 끝내버

릴까······

"나, ······할 얘기가 있어······"

그렇게 말한 순간, '가타하라 미쓰루'의 낯빛이 옆에서도 알 수 있을 정도로 확 변했다.

"나중에 해, 나중에."

그가 난폭하게 말을 가로막았다.

"여기까지 와서 토 달지 마. 들키면 졸업생이라고 당당하게 말하면 돼. 명부에도 내 이름이 나와 있으니까. 그럼 문제없지? 어?" 그가 시계로 눈길을 던졌다. "지금 열한시니까, 서두르지 않으면 금방 점심시간 돼버려."

그러고는 문을 열고 피우던 담배를 내던지더니 그녀의 대답도 기다리지 않고 밖으로 나갔다.

이미 일어나버린 사건에 '만약'이라는 말은 의미가 없을 테지만, 그때 '만약' 그녀가 차에서 내리지 않았다면 사건의 추이는 바뀌었을지도 모른다. 그러나 이때의 '가타하라 미쓰루'의 상태로 보건대 그것이 그녀에게 보다 나은 결과를 가져왔을지 어떨지는 알 수 없었다. 훨씬 좋지 않은 사태가 벌어졌을 가능성도 충분했다.

'가타하라 미쓰루'는 차 앞을 돌아 조수석 쪽으로 다가오더니 문을 난폭하게 열어젖히고, 안에 앉아 있는 그녀의 팔을 움켜잡왔다.

"시건방지게 나한테 반항하지 마. 시키는 대로 안 하면 네 사진을 여기저기에 쫙 뿌려버릴 테니까."

'요시다 기미코'가 겁에 질린 듯이 그를 바라보았다. 그는 장난인지 진심인지 분간할 수 없는 표정으로 씩 웃어 보였다.

두 사람은 학교 둘레를 반 바퀴쯤 돌아 건물 뒤편에 있는 소각로로 향했다. 그동안 '가타하라 미쓰루'는 줄곧 '요시다 기미코'의 손목을 거세게 움켜쥐고 있었다. 정말로 그곳에는 조심성 없이 열어둔 철망 문이 있었고, 주위에 인기척은 전혀 없었다. 앞에서 말했듯이 사건 후 '가타하라 미쓰루'는 이 장소를 사전에 살펴뒀다고 진술했다.

그는 비디오카메라를 들고 그녀와 둘이 학교로 침입하는 장면을 영상으로 담았다.

"지금 막 침입했습니다. 스릴과 서스펜스입니다."

내레이션과 대조적으로 '요시다 기미코'는 계속 고개를 숙인 채, 왼쪽 눈이 신경 쓰이는지 이따금 한쪽 눈을 부자연스럽게 깜박거렸다.

'가타하라 미쓰루'는 우선 그녀에게 소각로 앞에서 스웨터를 걷어올리고 가슴을 드러내라고 명령했다. 그녀가 그에 따르자 그는 일단 비디오를 멈추고 디지털카메라로 촬영을 하더니, 이어서 치마 안을 내보이라고 했다.

그녀는 유방을 훤히 드러낸 채 시키는 대로 치맛자락을 걷고 음모를 드러냈다. 아침부터 춥고 바람이 찼기 때문에 허벅지 전체에 순식간에 소름이 돋는 게 느껴졌다.

한시라도 빨리 이 시간을 끝내고 싶었기 때문에 그녀는 거역하지 않고 잇달아 요구에 응했다. 도망친다는 생각은 할 수 없었다. 사진을 되찾을 방법을 강구해야 했다. 그러나 그에 앞서 붙잡히면 무슨 짓을 당할지 모른다는 생각이 들었다.

한 차례 사진을 찍고 나자 그는 장소를 바꾸자고 말했다.

"이제 됐잖아, ⋯⋯그만 가자."

가슴을 가리면서 그녀가 애원했다.

"무슨 소리야, 여기까지 와서. 금방 끝나. 흥분되고 좋잖아. 늘 하던 건데 왜 이래?"

그는 그러더니 그녀의 손을 끌고 체육관 옆을 지나 운동장으로 가는 통로로 접어들었다.

체육관에서는 농구를 하는 듯한 소리가 들려왔다. 아이들의 응원 소리가 관내에 메아리치고 밖에까지 흘러넘쳤다. 목소리 톤으로 보아 5, 6학년쯤 됐을까? 공이 바닥을 때리는 묵직한 소리가 진동처럼 전해졌다. 통로 앞쪽의 운동장에서는 2인 1조로 축구 패스 연습을 하는 아이들이 보였다. 그쪽은 아마 3학년 정도일 것이다.

체육관 문 앞을 서둘러 지나친 후, 두 사람은 운동장에서 거의 훤히 보이는 장소까지 걸어갔다.

"다 보여, 여긴 안 돼."

'요시다 기미코'는 돌아가려 했다.

"무슨 짓이야!"

'가타하라 미쓰루'가 소리를 억누르며 호통을 쳤다.

"졸업생이니까 보여도 상관없어. 그렇게 허둥거리면 더 수상해 보이잖아. 이것만 찍으면 갈 테니까 잔말 말고 가슴 내놔. 뭐해, ······빨리! 사람들 온다고!"

그녀는 금방이라도 울음을 터뜨릴 것 같은 얼굴로 스웨터 앞자락을 걷어올렸다. 커다란 유방 두 개가 둔중하게 흔들렸다. 추위 때문에 유륜이 딱딱하게 위축되었다.

"그렇게 험악한 표정 짓지 마. 좀더 환하게 웃어. 웃는 얼굴이 찍히면 끝낼 테니까."

'요시다 기미코'가 주위를 두리번거리면서 억지로 이를 드러냈다.

"좋아. 치마 걷고 털 내놔. 그래, 좋았어. 오호, 죽이는데. 자, 이제 거기 엎드려서 엉덩이 까. ······뭐 해, 빨리!"

그 순간 등뒤에서 커다란 소리가 들리고, 모니터 속 그녀의 표정이 변했다. '앗!' 하고 황급히 스웨터를 내렸지만 타이트한 치마는 여전히 말려올라간 채였다.

"야! 뭐 하는 짓들이야!"

'가타하라 미쓰루'가 흠칫 놀란 듯이 뒤를 돌아보았다. 정신을 차려보니 아이들이 체육관 벽 아래쪽에 뚫린 통풍구 창으로 두 사람의 모습을 물끄러미 바라보고 있었다.

안에서 나온 것은 스포츠머리를 한 사십대 후반의 남자 교사였다.

"여기서 뭐 하는 짓이야? 니들 누구야?"

교사가 '요시다 기미코'와 '가타하라 미쓰루'의 얼굴을 번갈아 쳐다보았다. 그리고 말려올라간 치마 밑으로 여자의 음모가 엿보이는 것을 발견했다. 그 시선을 알아차리고 그녀는 황급히 치마를 끌어내렸다. 심장이 너무 세게 뛰어서 온몸이 무너져내릴 것 같았다. 급기야 그때까지 꾹 참아왔던 눈물이 쏟아졌다. 그 모습을 본 교사는 그녀가 강제로 끌려왔다는 것을 알아차렸다.

그는, 어깨에 멘 배낭에 부리나케 카메라를 감춘 수상쩍은 남자에게 다가갔다.

"뭐 하는 짓이냐고, 여기서!"

그 노호에 '가타하라 미쓰루'는 주눅이 들었다.

"아, 그게, ……저, 졸업생입니다, 저는."

간신히 그렇게 말한 그는 제 딴에는 제법 친숙하게 웃어 보였다.

"졸업생?" 그렇게 되물은 교사가 침입자를 머리 꼭대기부터 발끝까지 노려보고, "그런데? 졸업생이 여기서 무슨 짓이냐고!"라며 또다시 다그쳤다.

교사의 고함 소리에 놀라 운동장에 있던 이십대 남자 교사 한 사람과 사십대 초반쯤 된 여자 교사 한 사람도 상황을 살피러 다가왔다.

"선생님, 무슨 일이에요?"

두 사람은 그들에게 포위되고 말았다.

체육관에서 나온 교사가 여자 교사에게 "선생님, 경찰 좀 불러주세요. 휴대전화 있어요?"라고 물었다.

그야말로 동료 교사들끼리 주고받을 만한 말투와 대화가 '요시다 기미코'를 자극했다. 그것은 다름아니라 그녀가 평소 당연하다는 듯이 주고받던 것과 같은 세계의 대화였다.

여자 교사가 "네"라며 눈을 휘둥그레 뜨더니, 허겁지겁 주머니를 뒤적였다.

'가타하라 미쓰루'가 그것을 저지하려는 듯 뒤로 돌아서더니, "아뇨, 아니에요, 정말 여기 졸업생이라니까요. 잠깐 옛날 생각이 나서 와본 것뿐입니다"라고 말하고, 다시금 체육 교사 쪽으로 돌아섰다. 시선을 돌리는 순간 이미 덤벼들 자세를 취하고 있는 젊은 교사가 눈에 들어왔다. '요시다 기미코'는 울고 있었다.

"졸업생 소리는 집어치워. 뭘 하고 있었냐고 묻잖아! 뭐야? 그 가방에는 또 뭐가 들었어?"

교사는 '가타하라 미쓰루'의 배낭을 가로채려 했다. 그 손을 난폭하게 뿌리친 '가타하라 미쓰루'가 갑자기 말투를 바꾸며 험악한 표정으로 말했다.

"만지지 마!"

그 태도가 교사의 얼굴을 찌푸리게 만들었다.

"뭐야? 뭐가 들었어? 꺼내봐!"

"아무것도 아냐. 이건 사생활 침해야. ……만지지 말라니까!"

팔을 붙잡히자 '가타하라 미쓰루'는 급기야 격앙했다. 그리고 배낭에 손을 찔러넣더니, 뭔가를 더듬거려 찾아서 빼내는 동시에 중년 남자 교사를 피투성이로 만들었다. 손에 쥔 것은 칼집도 없이 배낭 안에 넣어둔, 칼날이 이십 센티미터는 되어 보이는 서바이벌나이프였다.

"앗!"

서 있는 위치상 제일 먼저 그것을 알아차린 사람은 젊은 남자 교사였다. 이어서 '요시다 기미코'와 여자 교사가 거의 동시에 비명을 질렀다.

"어어, ……무슨 짓이야!……"

흰색 폴로셔츠 아래 불룩하게 튀어나온 배에서 피가 흘러나왔다. 중년 남자 교사는 그런 와중에도 침입자를 붙잡기 위해 무시무시한 힘으로 그 팔을 움켜잡았다. 이에 '가타하라 미쓰루'가 온몸으로 들이받으며 칼로 옆구리를 찔렀다.

"아, ……아아, 윽, 으으윽……"

그가 그 자리에 웅크리자, 이어서 "멈춰!"라며 달려든 젊은 남자 교사의 팔을 잇달아 찌르고, 경찰에 전화하는 여교사의 어깨 쪽에 비스듬히 칼을 휘둘렀다. 그러고는 배낭을 집어던지고 획 돌아보며 절규하더니 '요시다 기미코'에게 돌진했다.

"안 돼, 안 돼, 안 돼! 살려줘! 제발! 싫어!"

그녀는 울면서 고개를 가로젓고, 발을 동동 굴렀다. '가타하라 미쓰루'가 그녀의 팔을 움켜잡았다.

"안 돼! 제발, 부탁이야! 미안해! 싫어! 제발 부탁이야!"

이때 '가타하라 미쓰루'는 분명히 그녀 앞에서 칼을 높이 치켜들었다. 그러나 그 얼굴을 한순간 응시하고는, 그대로 냅다 밀쳐내고 운동장으로 달려가기 시작했다.

"도망쳐! 모두 도망쳐!"

일련의 상황을 지켜보던 학생들이 젊은 교사의 외침에 놀라 울부짖으며 이리저리 도망치기 시작했다. 체육관에서도 비명이

들려왔다. 온 학교에 경보가 울리고, 교실에서 모두 창문 밖으로 몸을 내밀었다. 사방팔방에 체육복을 입은 아이들이 보였다. 단단한 운동장 지면을 차내는 감각이 '가타하라 미쓰루'에게 먼 옛날의 기억을 떠올리게 했다. 허둥대며 도망치는 아이들의 뒷모습이 서서히 옛날의 자기 모습과 겹쳐졌다. 누구라도 상관없었다. 그러나 목표를 정할 수 없었다. 그때 문득 시야 오른쪽에 뒤늦게 도망치는 소년들 몇 명이 어른거렸다. '가타하라 미쓰루'는 그쪽을 향해 숨을 헐떡이며 전속력으로 달려갔다.

팔을 뻗어 아이들을 막 덮치려는 찰나, 등에 강한 충격이 느껴졌고, 그는 그 자리에 내동댕이쳐졌다. 팔을 찔린 교사가 가까스로 따라잡자 얼마 안 있어 교무실과 교실에서 몽둥이를 들고 튀어나온 교사들이 일제히 그리로 달려들었고, 몸싸움 끝에 침입자를 제압했다. 그리고 얼굴과 배를 호되게 걷어차고 짓밟으며 욕설을 퍼부었다.

모래가 피어오르는 운동장에서, 절규하는 아이들의 다리가 멀어져갔다.

소리도 못 내고 두 손으로 입을 틀어막은 채 울고 있던 '요시다 기미코'는 그렇게 붙잡힌 '가타하라 미쓰루'의 모습을 확인했다. 그리고 더욱 격하게 울음을 터뜨리더니 무너져내리듯 그 자리에 주저앉았다.

경보기와 사이렌 소리가 울려퍼지는 맑게 갠 가을 하늘을 올려다보자, 흐릿한 시야 끝에 또다시 그 검은 그림자가 떠올랐다. 그녀는 머리를 마구 쥐어뜯으며 오열을 쏟아냈다. 그녀의 주위로도 사람들이 몰려들었다.

"이 여자도 한패야! 뭐야? 누구야, 이건?"

'가타하라 미쓰루'는 웃옷이 찢기고 바지가 벗겨질 듯이 흘러내린 채 땅바닥에 짓눌려 있어서 다리만 겨우 엿보였다.

"야, 일어나! 너도 한패냐!"

침과 노호가 '요시다 기미코'에게 쏟아졌다. 얼굴을 가린 채 울면서 꼼짝도 못 하는 그녀에게 주위의 목소리는 더욱더 집요하게 질문을 퍼부었다.

"……누구냐고? ……어? 넌 대체 누구야? ……"

15
사건 후

사건 후의 보도에 관해서는 새삼 다시 기술할 필요도 없을 것이다. 사건 직후의 학교 상황을 담은 영상이 반복해서 방영되었고, 학교 책임자의 기자회견, 경찰 발표, 학생들의 인터뷰, 학교 위기관리 체제에 관한 유식자의 견해로 이어지는 형식적인 보도가 한 차례 끝나자, 사람들의 관심은 범인 남자와 정체 모를 여자 동행에게로 좁혀졌다. 이는 이미 다들 아는 바이다.

'가타하라 미쓰루'는 사건 후 일관되게 실명으로 보도되었다. '요시다 기미코'는 주간지 두세 군데에서 실명을 공표했지만 텔레비전이나 신문에서는 이름을 밝히지 않았다. 웹상에서는 일찍부터 두 사람의 신원이 상세하게 거론되어, 성명은 말할 것도 없고 직장, 경력, 가족 구성, 출신지, 현주소까지 갖가지 정보가 나

돌았다. '미키&미치'의 사진은 물론이고 '요시다 기미코'와 '가타하라 미쓰루'의 얼굴 사진도 함께 유출되었다.

사건 자체는 전율할 만한 내용이었지만 주간지 기사의 논조가 어딘지 모르게 희화적이었던 것은 명백히 그들 취미의 특수성에서 비롯된 것이다. 전철 내부 광고나 신문의 오단 광고 칸에는 '변태 커플' '거유 음란 여교사'라는 말이 요란하게 오르내렸다. 덧붙이자면, 피해자 중 다행히 사망자가 없었던 이유도 컸다.

부상이 제일 심했던 것은 맨 처음에 찔린 중년 교사다. 그는 한 달간 입원하고 지금은 다시 직장으로 복귀해서, 학생들이 요청하면 그 상처를 보여주곤 한다.

'가타하라 미쓰루'는 아직 공판중이지만, 교도소든 병원이든—그럴 가능성은 거의 없지만—이번에야말로 그가 사회와의 완전한 단절을 경험하게 될 것은 틀림없다.

'요시다 기미코'도 공연음란죄, 주거침입죄 등의 경미한 범죄는 추궁당하겠지만 정상참작을 인정받아 집행유예로 끝날 것으로 보인다. 그녀가 범행 계획에 전혀 관여하지 않았다는 것은 아이로니컬하게도 사건 전 그녀의 집에서 촬영한 비디오테이프 속 대화가 증명해주었다. 물론 그렇더라도 교직을 계속하는 것은 불가능하다.

사건 후 '요시다 기미코'의 예전 직장에서는 교무실 교실 할 것 없이 온통 이 이야기뿐이었다. 설마 그 선생이, 라는 것이 모두의 공통된 반응이었다.

남학생들은 당연히 초등학교 침입사건보다 그녀의 노출 성벽 쪽에 더 큰 관심을 가졌다. 얼마 안 가 그녀의 사진으로 추정되는 웹상의 이미지들이 수집되었고, 메일을 통해 여기저기로 퍼져나갔다. 어떤 학생은 예의 오사카 성에서 촬영한 DVD를 입수하는 공을 세웠는데, 이것 또한 잇달아 복사되어 오갔다.

학생들의 반응은 다음과 같다.

"이 자식, 어제 요시다 DVD로 한 방 뺐대!"

"진짜? 너 제정신이냐?"

"아, 글쎄"라며 인쇄한 사진을 팔랑팔랑 흔들며 말했다. "이 정도라니까! 으윽!"

"그 얼굴로 벗을 줄이야!"

"이왕이면 수학 선생 기타야마였으면 좋았을걸."

"찾아보면 또 나오겠지?"

"마찬가지야. 어차피 얼굴도 안 보이는데, 뭐."

소년들은 인쇄한 사진 뭉치를 돌려가며 구멍을 낼 기세로 쳐다보았다. 가장 많이 나돈 것은 예의 비와 호숫가에서 찍은 사진이다. 성기와 항문에 바이브레이터를 꽂고 엎드린 '요시다 기미코'가 이쪽을 돌아보고 있다. 국부의 모자이크는 자잘해서 거의 하지 않은 것이나 다름없지만 얼굴은 완전히 가려져 있다. 남학생들은 이제 완전히 습관처럼 그런 것들을 보고 히죽거리며 점심시간을 보냈고, 똑같이 뒤에서 그 사진을 돌려봤을 게 빤할 여자애들은 그런 남학생들을 심하게 경멸했다.

반에서 늘 재치 있는 입담을 인정받던 한 소년은 이 일을 계기로 또 한 번 실력을 발휘해야겠다고 벼르고 있었다. 어느 날 자신할 만한 작품이 만들어지자 점심시간의 그런 모임에 슬쩍 끼어들며 사진으로 시선을 던졌다. 그러고는 자못 시치미 뗀 표정으로 이렇게 말했다.

"이건 뭐, '얼굴만 감추고 엉덩이는 안 감춘' 꼴이네*."

그러나 이 말은 아무래도 너무 뻔한 표현이라 이렇다 할 평판을 얻지 못했다.

---

* 얕은 수로 남을 속이려 한다는 뜻의 일본 속담. '눈 가리고 아웅'.

지은이 **히라노 게이치로**

1975년 6월 22일 아이치 현 출생. 명문 교토 대학 법학부에 재학중이던 1998년 문예지 『신조』에 권두소설로 전재된 장편 『일식』으로 제120회 아쿠타가와 상을 수상하며 데뷔했다. 장편소설 『달』『장송』『얼굴 없는 나체들』『결괴』『형체뿐인 사랑』, 소설집 『센티멘털』『방울져 떨어지는 시계들의 파문』『당신이, 없었다, 당신』, 그 외 『문명의 우울』『책을 읽는 방법』『소설 읽는 방법』 등이 있다.

옮긴이 **이영미**

아주대학교 국문과를 졸업하고, 일본 와세다 대학 대학원 문학연구과 석사 과정을 수료했다. 2009년 요시다 슈이치의 『악인』과 『캐러멜팝콘』으로 일본국제교류기금이 주관하는 보라나미 저작·번역상의 첫 번역상을 수상했다. 옮긴 책으로 『단테 신곡 강의』『태양의 탑』『공중그네』『기적의 사과』『지도남』『약속된 장소에서』『화차』 등이 있다.

문학동네 세계문학

얼굴 없는 나체들

초판 인쇄 2012년 6월 25일 | 초판 발행 2012년 7월 9일

지은이 히라노 게이치로 | 옮긴이 이영미 | 펴낸이 강병선
책임편집 양수현 | 편집 박아름 | 독자 모니터 이원주
디자인 이경란 유현아 | 저작권 한문숙 박혜연
마케팅 정민호 김도윤 박보람 | 온라인마케팅 이상혁 장선아
제작 안정숙 서동관 임현식 | 제작처 한영문화사(인쇄) 우진제책(제본)

펴낸곳 (주)문학동네
출판등록 1993년 10월 22일 제406-2003-000045호
주소 413-756 경기도 파주시 문발동 파주출판도시 513-8
전자우편 editor@munhak.com | 대표전화 031) 955-8888 | 팩스 031) 955-8855
문의전화 031) 955-3576(마케팅) 031) 955-2684(편집)
문학동네카페 http://cafe.naver.com/mhdn

ISBN 978-89-546-1857-1 03830

www.munhak.com